卞尺丹几乙し丹卞と

Translated Language Learning

I0715280

Alices Abenteuer im Wunderland

مغامرات أليس في بلاد العجائب

Lewis Carroll

لويس كارول

Deutsch / العربية

Copyright © 2024 Tranzlaty
All rights reserved
Published by Tranzlaty
ISBN: 978-1-83566-790-3
Original text: Alice's Adventures in Wonderland
by Lewis Carroll (1865)
Abridged by Sam'l Gabriel Sons (1916)
www.tranzlaty.com

Runter in den Kaninchenbau
أسفل حفرة الأرانب

Alice fing an, sehr müde zu werden

بدأت أليس تتعب جدا

Sie saß neben ihrer Schwester auf der Grasbank

كانت تجلس بجانب أختها على الضفة العشبية

aber sie hatte nichts zu tun

لكن لم يكن لديها ما تفعله

Ihre Schwester las ein Buch

كانت أختها تقرأ كتابا

Ein- oder zweimal schaute Alice in das Buch

مرة أو مرتين نظرت أليس إلى الكتاب

aber das Buch enthielt keine Bilder oder Gespräche

لكن الكتاب لم يكن يحتوي على صور أو محادثات

"Was nützt ein Buch ohne Bilder?", dachte Alice

"ما فائدة الكتاب بدون صور؟ "، فكرت أليس

"Warum sollte ein Buch keine Gespräche führen?"

"لماذا لا يحتوي الكتاب على محادثات؟ "

Aber sie hatte noch andere Dinge zu bedenken

لكن كان لديها أشياء أخرى يجب مراعاتها

"Es wäre ein Vergnügen, eine Kette aus Gänseblümchen zu

machen"

سيكون من دواعي سروري صنع سلسلة من الإقحوانات "

"Aber lohnt es sich, aufzustehen und die Gänseblümchen zu pflücken??"

" لكن هل يستحق الأمر الجهد المبذول للنهوض والتقاط الإقحوانات ؟؟ "

Das war nicht so leicht zu denken

لم يكن من السهل التفكير في هذا

weil sie sich an diesem Tag schläfrig und dumm fühlte

لأن اليوم كان يجعلها تشعر بالنعاس والغباء

aber plötzlich wurden ihre Gedanken unterbrochen

لكن فجأة انقطعت أفكارها

ein weißes Kaninchen mit rosa Augen lief nah an ihr vorbei

ركض أرنب أبيض بعيون وردية بالقرب منها

Es war nichts übermäßig Bemerkenswertes an dem Kaninchen

لم يكن هناك شيء رائع للغاية حول الأرنب

und Alice fand das Kaninchen auch nicht bemerkenswert

ولم تعتقد أليس أن الأرنب رائع أيضا

auch überraschte es sie nicht, als das Kaninchen sprach

ولم يفاجئها عندما تحدث الأرنب

»O je! Ich werde zu spät kommen!« sagte er zu sich selbst

"يا عزيزي إسأكون متأخرا جدا "إقال لنفسه

aber dann tat das Kaninchen etwas, was Kaninchen nicht
tun

ولكن بعد ذلك فعل الأرنب شيئا لم تفعله الأرانب

das Kaninchen zog eine Uhr aus der Westentasche

أخرج الأرنب ساعة من جيب صدرية

Er schaute auf die Uhr und eilte dann weiter

نظر إلى الوقت ثم سارع

Alice erhob sich erstaunt

وقفت أليس على قدميها في دهشة

Sie hatte noch nie zuvor ein Kaninchen mit Weste gesehen!

لم تر أرنبا بصدرية من قبل !

noch hatte sie je ein Kaninchen mit einer Uhr gesehen!

ولم تر أرنبا يحمل ساعة !

Alice brannte vor neuer Neugierde

كانت أليس تحترق بفضول جديد

und sie rannte über das Feld hinter dem Kaninchen her

وركضت عبر الحقل بعد الأرنب

Sie kam gerade noch rechtzeitig, um das Kaninchen
verschwinden zu sehen

كانت في الوقت المناسب لرؤية الأرنب يختفي

Das Kaninchen hüpfte in einen großen Kaninchenbau hinab

قفز الأرنب إلى حفرة أرنب كبيرة

Im nächsten Augenblick stürzte Alice hinter dem Kaninchen
her!

في لحظة أخرى ، ذهبت أليس بعد الأرنب !

Der Kaninchenbau ging geradeaus wie ein Tunnel

سارت حفرة الأرانب مباشرة مثل النفق

und der Tunnel ging noch eine Weile weiter

واستمر النفق في السير لبعض المسافة

und dann senkte sich der Weg plötzlich hinunter

ثم انخفض المسار فجأة

Alice hatte keinen Augenblick, daran zu denken, ob sie sich
zurückhalten sollte

لم يكن لدى أليس لحظة للتفكير في إيقاف نفسها

Sie fiel hin und hinunter und hinunter

وجدت نفسها تسقط وتسقط وهبوطا

Es schien, als sei sie in einen sehr tiefen Brunnen gefallen

بدا الأمر كما لو أنها سقطت في بئر عميق جدا

Entweder war der Brunnen sehr tief, oder sie fiel sehr langsam

إما أن البئر كانت عميقة جدا ، أو سقطت ببطء شديد

denn sie hatte viel Zeit zum Fallen

لأن لديها متسعا من الوقت لتسقط

Als sie fiel, konnte sie sich umsehen

بينما كانت تسقط ، كان بإمكانها أن تنظر حولها

Zuerst versuchte sie herauszufinden, wohin sie ging

أولا ، حاولت معرفة إلى أين هي ذاهبة

aber der Brunnen war zu dunkel, um etwas zu sehen

لكن البئر كان مظلما جدا بحيث لا يمكن رؤية أي شيء

Dann blickte sie auf die Seiten des Brunnens

ثم نظرت إلى جوانب البئر

Und sie bemerkte, dass überall um sie herum Schränke standen

ولاحظت أن هناك خزائن في كل مكان حولها

und rings um den Brunnen waren Bücherregale

وفي كل مكان حول البئر كانت أرفف الكتب

Hier und da sah sie Karten und Bilder, die an Pflöcken hingen

هنا وهناك رأت خرائط وصورا معلقة على أوتاد

Im Vorbeigehen nahm sie ein Glas aus einem der Regale

أنزلت جرة من أحد الرفوف أثناء مرورها

Das Glas wurde für seinen Inhalt gekennzeichnet

تم تصنيف الجرة لمحتواها

"MARMELADE AUS ORANGEN"

"مربى البرتقال مصنوع من البرتقال "

Aber zu ihrer großen Enttäuschung war das Marmeladenglas leer

ولكن ، لخيبة أملها الكبيرة ، كانت جرة مربى البرتقال فارغة

Sie wollte das leere Marmeladenglas nicht fallen lassen

لم تكن تريد إسقاط جرة مربى البرتقال الفارغة

und ihr Fall war sehr langsam

وكان سقوطها بطيئا جدا

So schaffte sie es, das Marmeladenglas in einen der
Schränke zu stellen

لذلك تمكنت من وضع جرة مربى البرتقال في إحدى الخزائن

Nieder, hinunter, hinunter fiel sie!

لأسفل ، لأسفل ، لأسفل تسقط !

Würde der Fall jemals ein Ende haben?

هل سينتهي السقوط؟

Es gab nichts anderes zu tun

لم يكن هناك شيء آخر تفعله

so fing Alice bald an, mit sich selbst zu reden

لذلك سرعان ما بدأت أليس في التحدث إلى نفسها

»Dinah wird mich heute abend sehr vermissen, sollte ich
meinen!«

"دينا ستفتقدني كثيرا الليلة ، يجب أن أعتقد "!

Dinah war Alices Katze

كانت دينا قطة أليس

»Ich hoffe, sie werden sich an ihre Untertasse mit Milch zur
Teezeit erinnern.«

" آمل أن يتذكروا صحن الحليب الخاص بها في وقت الشاي "

»Dinah, meine Liebe, ich wünschte, du wärst hier unten bei
mir!«

"دينا ، عزيزتي ، أتمنى لو كنت هنا معي "!

Alice fühlte, als würde sie einschlafen

شعرت أليس أنها كانت تغفو

Und dann plötzlich, dumpf! Bums!

ثم فجأة ، ضرب إرطم !

Sie fiel auf einen Haufen Stöcke

سقطت على كومة من العصي

und sie landete auf einem Haufen trockener Blätter

وهبطت على كومة من الأوراق الجافة

Und endlich war der lange Sturz in das Loch vorbei

وأخيرا انتهى السقوط الطويل في الحفرة

Alice war kein bisschen verletzt

لم تتأذى أليس قليلا

und sie sprang in einem Augenblick auf

وقفزت في غضون لحظة

Sie blickte auf, aber es war alles dunkel über ihr

نظرت إلى الأعلى ، لكن كل شيء كان مظلما في السماء

Vor ihr lag ein weiterer langer Korridor

أمامها كان هناك ممر طويل آخر

und das weiße Kaninchen war noch in Sicht

وكان الأرنب الأبيض لا يزال في الأفق

Er eilte den Korridor hinunter

كان يسرع في الممر

Es war kein Augenblick zu verlieren

لم تكن هناك لحظة نضيعها

davonlief Alice wie der Wind

ركض أليس مثل الريح

um die Ecke drehte sich das Kaninchen

قاب قوسين أو أدنى تحول الأرنب

Sie kam gerade noch rechtzeitig, um das Kaninchen zu hören

كانت في الوقت المناسب لسماع الأرنب

"Oh, meine Ohren und Schnurrhaare"

""أوه ، أذني وشعيراتي "

"Wie spät es wird!"

"كم تأخر الوقت "!

Sie war dicht hinter dem Kaninchen

كانت قريبة من الأرنب

Sie bog um eine weitere Ecke

استدارت حول زاوية أخرى

aber das Kaninchen war nicht mehr zu sehen

لكن الأرنب لم يعد يمكن رؤيته

Sie befand sich in einer langen, niedrigen Halle

وجدت نفسها في قاعة طويلة منخفضة

Der Saal wurde von einer Reihe von Deckenlampen erleuchtet

أضاءت القاعة بصف من مصابيح السقف

Überall im Saal gab es Türen

كانت هناك أبواب في جميع أنحاء القاعة

aber alle Türen waren verschlossen

لكن جميع الأبواب كانت مغلقة

Sie ging den ganzen Weg an der einen Seite des Flurs hinunter

سارت على طول الطريق على جانب واحد من القاعة

Und sie war den ganzen Weg auf der anderen Seite des Flurs
hinaufgegegangen

وقد سارت على طول الطريق على الجانب الآخر من القاعة

Sie hatte jede Tür ausprobiert

لقد جربت كل باب

Und sie ging traurig in der Mitte des Saales entlang

وسارت بحزن في منتصف القاعة

"Wie komme ich da mal wieder raus?"

"كيف سأخرج مرة أخرى؟ "

Plötzlich stieß sie auf einen kleinen Tisch

فجأة جاءت على طاولة صغيرة

Der Tisch wurde komplett aus massivem Glas gefertigt

كانت الطاولة مصنوعة بالكامل من الزجاج الصلب

Auf dem Tisch lag nichts als ein winziger goldener
Schlüssel

لم يكن هناك شيء على الطاولة سوى مفتاح ذهبي صغير

Der Schlüssel könnte zu einer der Türen gehören!

قد ينتمي المفتاح إلى أحد الأبواب !

Aber ach! Einige der Schlösser waren zu groß für die
Schlüssel

لكن ، للأسف إكانت بعض الأقفال كبيرة جدا بالنسبة للمفاتيح

und für die anderen Schlösser war der Schlüssel zu klein

وبالنسبة للأقفال الأخرى ، كان المفتاح صغيرا جدا

aber auf jeden Fall öffnete der Schlüssel keine der Türen

ولكن ، على أي حال ، لم يفتح المفتاح أيا من الأبواب

Aber was sollte sie tun?

لكن ماذا كانت تفعل؟

Sie ging wieder durch den Saal

ذهبت عبر القاعة مرة أخرى

Und diesmal bemerkte sie einen niedrigen Vorhang

وهذه المرة لاحظت ستارة منخفضة

Hinter dem Vorhang war eine kleine Tür

خلف الستارة كان هناك باب صغير

Die Tür war etwa fünfzehn Zoll hoch

كان ارتفاع الباب حوالي خمسة عشر بوصة

Sie probierte den kleinen goldenen Schlüssel im Schloss aus

جربت المفتاح الذهبي الصغير في القفل

Und zu ihrer großen Freude passte der Schlüssel ins Schloss!

ومما يسعدها أن المفتاح يناسب القفل !

Alice öffnete die Tür

فتحت أليس الباب

und sie fand, daß die Tür in einen kleinen Korridor führte

ووجدت الباب يؤدي إلى ممر صغير

Der Korridor war nicht viel größer als ein Rattenloch

لم يكن الممر أكبر بكثير من حفرة الفئران

Sie kniete nieder und blickte den Korridor entlang

ركعت على ركبتيها ونظرت على طول الممر

Und sie sah den schönsten Garten, den du je gesehen hast

ورأت أجمل حديقة رأيتها على الإطلاق

wie sehr sie sich danach sehnte, aus dieser dunklen Halle
herauszukommen

كيف كانت تتوق للخروج من تلك القاعة المظلمة

wie sie sich wünschte, zwischen diesen leuchtenden Blumen
zu wandern

كيف أرادت أن تتجول بين تلك الزهور الزاهية

Wie cool die Erfrischung dieser Brunnen aussah

كم بدت تلك النوافير المنعشة الرائعة

aber sie konnte nicht einmal ihren Kopf durch die Tür
stecken

لكنها لم تستطع حتى إدخال رأسها عبر المدخل

»Oh,« sagte Alice traurig

"أوه "، قالت أليس بحزن

»wie sehr wünschte ich, ich könnte mich zusammenfalten
wie ein Fernrohr!«

"كم أتمنى أن أتمكن من طي مثل التلسكوب "!

"Ich glaube, ich könnte mich zusammenfalten wie ein
Teleskop"

"أعتقد أنني أستطيع الطي مثل التلسكوب "

"Wenn ich nur wüsste, wie ich anfangen sollte"

"لو كنت أعرف فقط كيف أبدأ "

Alice ging zurück an den Tisch

عادت أليس إلى الطاولة

Es bestand die Möglichkeit, einen weiteren Schlüssel zu
finden

كانت هناك فرصة للعثور على مفتاح آخر

Oder es gibt ein Buch mit Regeln

أو قد يكون هناك كتاب من القواعد

Das Buch könnte ihr sagen, wie man sich wie ein Teleskop
zusammenfaltet

يمكن أن يخبرها الكتاب كيف تطوى مثل التلسكوب

Diesmal fand sie ein Fläschchen

هذه المرة وجدت زجاجة صغيرة

"Diese Flasche war gewiß vorher nicht hier," sagte Alice

قالت أليس" :هذه الزجاجة بالتأكيد لم تكن هنا من قبل "

Und um den Flaschenhals war ein Papieretikett gebunden

وكان مربوطا حول عنق الزجاجة ملصق ورقي

Das Etikett war wunderschön in großen Buchstaben
gedruckt

تمت طباعة الملصق بشكل جميل بأحرف كبيرة

"TRINK MICH"

"اشربني "

»Nein, ich werde erst nachsehen«, sagte sie

قالت" :لا ، سأنظر أولا "

"Ich werde sehen, ob die Flasche als giftig gekennzeichnet ist oder nicht."

"سأرى ما إذا كانت الزجاجة تحمل علامة سامة أم لا ، "

weil sie die Lektion über das Gift nie vergessen hat

لأنها لم تنس أبدا درس السم

"Wenn eine Flasche als giftig gekennzeichnet ist, wird sie Ihnen bestimmt nicht zustimmen"

"إذا تم تصنيف الزجاجة على أنها سامة ، فلا بد أن تختلف معك "

Diese Flasche war jedoch nicht als giftig gekennzeichnet

ومع ذلك ، لم يتم تمييز هذه الزجاجة على أنها سامة

so wagte Alice es, den Inhalt der Flasche zu kosten

لذلك غامرت أليس بتذوق محتوى الزجاجة

Sie fand die Flüssigkeit ganz nach ihrem Geschmack

لقد وجدت السائل يرضيها تماما

Das Getränk hatte einen gemischten Geschmack

كان للمشروب نوع من النكهة المختلطة

Kirschkuchen, Vanillepudding und Ananas

تارت الكرز والكاسترد والأناناس

Gebratener Truthahn, Toffee und Toast mit heißer Butter

الديك الرومي المشوي والتوفي والخبز المحمص بالزبدة الساخنة

und bald trank sie die Flasche aus

وسرعان ما أنهت الزجاجة

"Was für ein merkwürdiges Gefühl!" sagte Alice

"يا له من شعور غريب "إقالت أليس

"Ich klappe mich zusammen wie ein Teleskop!"

"أنا مطوي مثل التلسكوب "!

Und sie faltete sich tatsächlich zusammen wie ein Teleskop!

وكانت تطوي مثل التلسكوب بالفعل !

Sie war jetzt nur noch zehn Zentimeter groß

كان ارتفاعها الآن عشر بوصات فقط

und ihr Gesicht erhellte sich bei ihren Gedanken

وأشرق وجهها من أفكارها

Jetzt hatte sie die richtige Größe für das Türchen

الآن كانت بالحجم المناسب للباب الصغير

Jetzt konnte sie in diesen schönen Garten gehen

الآن يمكنها الذهاب إلى تلك الحديقة الجميلة

Bald hörte sie auf, kleiner zu werden

سرعان ما توقفت عن الصغر

Sie beschloß, sofort in den Garten zu gehen

قررت الذهاب إلى الحديقة على الفور

aber wehe der armen Alice!

لكن ، للأسف لأليس المسكينة !

Sie kam zur Tür

وصلت إلى الباب

Aber sie hatte den kleinen goldenen Schlüssel vergessen

لكنها نسيت المفتاح الذهبي الصغير

Sie ging zurück zum Tisch, um den Schlüssel zu holen

عادت إلى الطاولة للحصول على المفتاح

aber sie merkte, daß sie nicht hoch genug greifen konnte

لكنها وجدت أنها لا تستطيع الوصول إلى عال بما فيه الكفاية

Sie konnte den Schlüssel ganz deutlich durch das Glas sehen

كان بإمكانها رؤية المفتاح بوضوح تام من خلال الزجاج

Sie versuchte, die Beine des Tisches hinaufzuklettern

حاولت تسلق أرجل الطاولة

Aber das Glas war viel zu rutschig

لكن الزجاج كان زلقا جدا

Irgendwann erschöpfte sie sich mit dem Versuch

في النهاية تعبت نفسها من المحاولة

Und das arme kleine Mädchen setzte sich hin und weinte

وجلست الفتاة الصغيرة المسكينة وبكت

Alice sprach ziemlich scharf mit sich selbst

تحدثت أليس إلى نفسها بحدة إلى حد ما

"Komm, es hat keinen Zweck, so zu weinen!"

"تعال ، لا فائدة من البكاء بهذه الطريقة "!

"Ich rate dir, gleich aufzuhören!"

"أنصحك بالتوقف في هذه اللحظة "!

Sie gab sich im Allgemeinen sehr gute Ratschläge

لقد أعطت نفسها بشكل عام نصيحة جيدة جدا

obwohl sie nur sehr selten ihren eigenen Rat befolgte

على الرغم من أنها نادرا ما اتبعت نصيحتها الخاصة

und sie war manchmal zu streng mit sich selbst

وكانت في بعض الأحيان قاسية جدا على نفسها

und ihre Worte trieben ihr Tränen in die Augen

وجلبت كلماتها الدموع في عينيها

Bald fiel ihr Blick auf einen kleinen Glaskasten

سرعان ما سقطت عينها على صندوق زجاجي صغير

Der kleine Glaskasten lag unter dem Tisch

كان الصندوق الزجاجي الصغير ملقى تحت الطاولة

In dem Glaskasten befand sich ein sehr kleiner Kuchen

في الصندوق الزجاجي كانت كعكة صغيرة جدا

Auf dem Kuchen waren einige Worte schön geschrieben

على الكعكة كانت بعض الكلمات مكتوبة بشكل جميل

die Worte waren in Johannisbeeren markiert worden

تم تمييز الكلمات بالكشمش

"MICH ESSEN"

" تناولني "

"Nun, ich werde den Kuchen essen," sagte Alice

" قالت أليس" حسنا ، سآكل الكعكة

"Und wenn mich der Kuchen größer werden lässt, kann ich
den Schlüssel erreichen"

" وإذا كانت الكعكة تجعلني أكبر ، يمكنني الوصول إلى المفتاح "

"Und wenn mich der Kuchen kleiner werden lässt, kann ich
unter die Tür kriechen"

" وإذا جعلتني الكعكة أصغر ,يمكنني أن أتسلل تحت الباب "

"Also so oder so komme ich in den Garten"

" لذا في كلتا الحالتين سأدخل الحديقة "

"Und es ist mir egal, was von beidem passiert!"

!" ولا يهمني أي من الاثنين يحدث "

Sie aß ein wenig von dem Kuchen

أكلت القليل من الكعكة

und sie sprach ängstlich zu sich selbst:

وتحدثت بقلق إلى نفسها :

"In welche Richtung? In welche Richtung?"

" في أي اتجاه؟ في أي اتجاه؟ "

und sie hielt die Hand auf den Kopf

وأمسكت يدها على رأسها

Sie wollte spüren, in welche Richtung sie wuchs

أرادت أن تشعر بالطريقة التي كانت تنمو بها

Sie war ganz überrascht, als sie erfuhr, was geschehen war

لقد فوجئت تماما بالعثور على ما حدث

Sie war gleich groß geblieben!

لقد بقيت بنفس الحجم !

Also verdoppelte sie dieses Mal ihre Bemühungen

لذلك ضاعفت هذه المرة جهودها

Und bald war der ganze Kuchen fertig

وسرعان ما أنهت الكعكة بأكملها

Der Pool der Tränen

بركة الدموع

"Das wird immer interessanter!" rief Alice

"هذا يزداد إثارة للاهتمام "إصرخت أليس

Man kann sehen, dass sie sehr überrascht war

يمكنك أن ترى أنها كانت مندهشة جدا

"Ich öffne mich wie das größte Teleskop, das es je gab!"

"أنا أفتح مثل أكبر تلسكوب على الإطلاق"!

»Auf Wiedersehen, Füße! Oh, meine armen kleinen Füße"

"وداعا أيها القدمين !أوه ، قدمي الصغيرة المسكينة"

"Ich frage mich, wer euch jetzt die Schuhe anziehen wird, meine Lieben?"

"أتساءل من سيرتدي حذائك من أجلك الآن ، أعزاء؟"

»und ich frage mich, wer Ihre Strümpfe anziehen wird?«

"وأتساءل من سيرتدي جواربك؟"

"Ich werde viel zu weit weg sein"

"سأكون بعيدا جدا"

"Ich werde mich nicht mehr um dich kümmern können"

"لن أكون قادرا على إزعاج بشأنك بعد الآن"

In diesem Augenblick schlug ihr Kopf gegen etwas

في هذه اللحظة فقط اصطدم رأسها بشيء ما

Sie hatte das Dach des Saales erreicht

كانت قد وصلت إلى سطح القاعة

Tatsächlich war sie jetzt mehr als zwei Meter groß

في الواقع ، كان طولها الآن أكثر من مترين

und sie ergriff sogleich den kleinen goldenen Schlüssel

وأخذت على الفور المفتاح الذهبي الصغير

und sie eilte zur Gartentür

وهرعت إلى باب الحديقة

Arme Alice! Es gab nicht viel, was sie tun konnte

أليس المسكينة !لم يكن هناك الكثير الذي يمكنها فعله

Sie legte sich auf die Seite

استلقيت على جانب واحد

Und sie blickte mit einem Auge in den Garten hinein

ونظرت إلى الحديقة بعين واحدة

Aber durchzukommen war hoffnungsloser denn je

لكن العبور كان ميؤوسا منه أكثر من أي وقت مضى

Sie setzte sich und fing wieder an zu weinen

جلست وبدأت في البكاء مرة أخرى

Sie fuhr fort, literweise Tränen zu vergießen

واصلت ذرف جالونات من الدموع

Bald war ein großer Pool um sie herum

سرعان ما كان هناك مسبح كبير حولها

und das Wasser reichte bis zur Hälfte des Flurs

ووصل الماء إلى منتصف الطريق إلى أسفل القاعة

Nach einer Weile hörte sie ein leises Getrappel von Füßen

بعد فترة ، سمعت القليل من قعقعة القدمين

Sie hörte die Füße aus der Ferne kommen

سمعت القدمين قادمة من بعيد

Und sie trocknete sich hastig die Augen, um zu sehen, was kommen würde

وجففت عينيها على عجل لترى ما سيحدث

Es war das weiße Kaninchen, das zurückkehrte

كان الأرنب الأبيض عائدا

Er war prächtig gekleidet

كان يرتدي ملابس رائعة

Er hatte ein Paar weiße Handschuhe in der einen Hand

كان لديه زوج من القفازات البيضاء في يد واحدة

Und in der anderen Hand hatte er einen großen Federfächer

وكان لديه مروحة كبيرة من الريش في اليد الأخرى

Er kam in großer Eile dahergetrabt

جاء وهو يهرول في عجلة من أمره

und er murmelte vor sich hin: »Ach! die Herzogin, die Herzogin!«

وتمتم لنفسه ،" أوه إالدوقة ، الدوقة!

»Ach! wird sie nicht wild sein, wenn ich sie habe warten lassen?«

"أوه إالن تكون متوحشة إذا أبقيتها تنتظر!

Als das Kaninchen in ihre Nähe kam, sprach Alice

عندما اقترب منها الأرنب ، تحدثت أليس

aber sie sprach mit leiser, schüchterner Stimme

لكنها تحدثت بصوت منخفض وخجول

"Sir, bitte hören Sie für einen Moment auf, was Sie tun"

"سيدي ، من فضلك توقف عما تفعله للحظة واحدة"

Das Kaninchen erschrak heftig

أذهل الأرنب بعنف

Er ließ die weißen Handschuhe und den Federfächer fallen

أسقط القفازات البيضاء ومروحة الريش

und er eilte fort in die Dunkelheit, so schnell er konnte

واندفع بعيدا في الظلام بأسرع ما يمكن

Alice hob den Federfächer und die Handschuhe auf

التقطت أليس مروحة الريش والقفازات

Und sie fächelte sich immer wieder Luft zu, während sie sprach

واستمرت في تهوية نفسها بينما استمرت في الحديث

»Liebes, liebes Kind! Wie seltsam ist das alles heute!"

"عزيزتي ، عزيزي !كم هو غريب كل شيء اليوم!"

"Gestern ging es weiter wie bisher"

"بالأمس سارت الأمور كالمعتاد"

"War ich heute Morgen noch so, als ich aufgestanden bin?"

"هل كنت هو نفسه عندما استيقظت هذا الصباح؟"

"Aber wenn ich nicht mehr derselbe bin, dann ist das eine andere Frage"

"ولكن إذا لم أكن هو نفسه ، فهناك سؤال آخر"

"Wer in aller Welt bin ich?"

"من في العالم أنا؟"

"Ah, das ist das große Rätsel!"

"آه ، هذا هو اللغز العظيم"!

Während sie das sagte, blickte sie auf ihre Hände hinunter

عندما قالت هذا ، نظرت إلى يديها

Sie trug einen der kleinen weißen Handschuhe des Kaninchens

كانت ترتدي أحد القفازات البيضاء الصغيرة للأرانب

Sie hatte nicht bemerkt, dass sie den Handschuh angezogen hatte, während sie sprach

لم تلاحظ أنها ارتدت القفاز أثناء التحدث

"Wie konnte ich das machen?" dachte sie

"كيف يمكنني أن أفعل ذلك؟ "فكرت

"Ich muss wieder klein werden"

"يجب أن أكون صغيرا مرة أخرى"

Sie stand auf und ging zum Tisch, um ihre Größe zu messen

نهضت وذهبت إلى الطاولة لقياس طولها

Sie stellte fest, dass sie jetzt etwa einen halben Meter groß war

وجدت أنها الآن يبلغ طولها حوالي نصف متر

und sie schrumpfte immer noch schnell

وكانت لا تزال تتقلص بسرعة

Bald fand sie heraus, was die Ursache für das Schrumpfen war

سرعان ما اكتشفت سبب الانكماش

Der Federfächer machte sie wieder kleiner!

كانت مروحة الريش تجعلها أصغر مرة أخرى!

Und sie ließ hastig den Federfächer fallen

وأسقطت مروحة الريشة على عجل

Sie ließ den Federfächer gerade noch rechtzeitig fallen, um sich zu retten

أسقطت مروحة الريشة في الوقت المناسب لإنقاذ نفسها

Hätte sie sich noch länger Luft zugefächelt, wäre sie völlig zusammengeschrumpft

لو كانت تهوية نفسها بعد الآن لكانت قد تقلصت تماما

»Das war ein knappes Entkommen!« sagte Alice

"كان ذلك هروبا ضيقا "إقالت أليس

und sie erschrak sehr über die plötzliche Veränderung

وكانت خائفة كثيرا من التغيير المفاجئ

aber sie war sehr froh, daß sie noch da war

لكنها كانت سعيدة جدا لتجد نفسها لا تزال موجودة

"Und jetzt ab in den Garten!"

"والآن ، انطلق إلى الحديقة"!

Und sie lief mit aller Geschwindigkeit zurück zu der kleinen Tür

وركضت بكل سرعة عائدة إلى الباب الصغير

Aber ach! Das Türchen wurde wieder geschlossen

لكن ، للأسف إتم إغلاق الباب الصغير مرة أخرى

Und das goldene Schlüsselchen lag wieder auf dem Glastisch

وكان المفتاح الذهبي الصغير مستلقيا على الطاولة الزجاجية مرة أخرى

"Es ist schlimmer als je!" dachte das arme Kind

"الأمور أسوأ من أي وقت مضى "، فكر الطفل المسكين

"So klein war ich noch nie, niemals!"

"لم أكن أبدا صغيرا مثل هذا من قبل ، أبدا"!

Bei diesen Worten rutschte ihr Fuß aus

عندما قالت هذه الكلمات ، انزلقت قدمها

Und im nächsten Augenblick gab es ein großes Plätschern!

وفي لحظة أخرى كان هناك دفقة كبيرة!

Sie stand bis zum Kinn im Salzwasser

كانت تصل إلى ذقنها في الماء المالح

Ihre erste Idee war, dass sie irgendwie ins Meer gefallen war

كانت فكرتها الأولى هي أنها سقطت بطريقة ما في البحر

Sie erkannte jedoch bald, worin sie sich befand

ومع ذلك ، سرعان ما أدركت ما كانت فيه

Sie war in einer Tränenlache

كانت في بركة من الدموع

die Tränen, die sie geweint hatte, als sie zwei Meter groß war

الدموع التي بكت عندما كان طولها مترين

In diesem Augenblick hörte sie etwas

عندها فقط سمعت شيئا

Etwas plätscherte im Pool herum

كان هناك شيء يتناثر في المسبح

Das Plätschern kam aus einiger Entfernung

جاء الرش من بعيد قليلا

und sie schwamm näher, um zu sehen, was das Plätschern war

وسبحت بالقرب لترى ما هو الرش

Bald sah sie, dass es nur eine kleine Maus war

سرعان ما رأت أنه كان مجرد فأر صغير

Auch die kleine Maus war ins Wasser geschlüpft

انزلق الفأر الصغير إلى الماء أيضا

Alice dachte bei sich über die Situation nach

فكرت أليس في نفسها في الموقف

"Würde es etwas nützen, mit dieser Maus zu sprechen?"

"هل سيكون من المفيد التحدث إلى هذا الفأر؟"

"Hier unten steht alles auf dem Kopf"

"كل شيء مقلوب للغاية هنا"

"Ich denke, es ist sehr wahrscheinlich, dass diese Maus

sprechen kann."

"يجب أن أعتقد على الأرجح أن هذا الفأر يمكنه التحدث"

"Es schadet jedenfalls nicht, es zu versuchen"

"على أي حال ، لا ضرر من المحاولة"

Also begann sie zu versuchen, mit der Maus zu sprechen

لذلك بدأت تحاول التحدث إلى الفأر

"Oh Maus, kennst du den Weg aus diesem Pool?"

"يا فأر ، هل تعرف طريقة الخروج من هذا البركة؟"

"Ich bin es leid, hier herumzuschwimmen, oh Maus!"

"لقد سئمت جدا من السباحة هنا ، يا فأر"!

Die Maus schaute sie ziemlich neugierig an

نظر إليها الفأر بفضول إلى حد ما

Die Maus schien mit einem ihrer kleinen Augen zu blinzeln

بدا أن الفأر يغمز بإحدى عينيه الصغيرتين

Aber die kleine Maus sagte nichts

لكن الفأر الصغير لم يقل شيئا

"Vielleicht versteht die Maus kein Englisch!" dachte Alice

"ربما الفأر لا يفهم اللغة الإنجليزية "، فكرت أليس

"Ich wage zu behaupten, es ist eine französische Maus"

"أجرؤ على القول إنه فأر فرنسي"

"Vielleicht kam diese Maus mit Wilhelm dem Eroberer
herüber"

"ربما جاء هذا الفأر مع ويليام الفاتح"

Also fing sie wieder an, auf Französisch

لذلك بدأت مرة أخرى باللغة الفرنسية

"Wo ist meine Katze?", fragte sie auf Französisch

"أين قطتي؟ "سألت بالفرنسية

es war der erste Satz in ihrem französischen Unterrichtsbuch

كانت الجملة الأولى في كتاب دروس اللغة الفرنسية

Die Maus machte einen plötzlichen Sprung aus dem Wasser

قفز الفأر فجأة من الماء

Und die Maus schien am ganzen Leibe vor Schreck zu
zittern

وبدا أن الفأر يرتجف في كل مكان من الخوف

"Oh, ich bitte um Verzeihung!" rief Alice hastig

"أوه ، أطلب العفو "إصرخت أليس على عجل

Sie fürchtete, sie habe die Gefühle des armen Tieres verletzt

كانت خائفة من أنها قد جرحت مشاعر المسكين

"Ich habe ganz vergessen, dass du keine Katzen magst"

"لقد نسيت تماما أنك لا تحب القطط"

"Ich mag keine Katzen!" rief die Maus mit schriller, leidenschaftlicher Stimme

"أنا لا أحب القطط "إصرخ الفأر بصوت حاد وعاطفي

"Hättest du gerne Katzen, wenn du ich wärst?"

"هل تريد القطط ، إذا كنت أنا؟"

Alice tröstete die Maus in einem beruhigenden Ton

أراحت أليس الماوس بنبرة مهدئة

"Naja, vielleicht würde ich an deiner Stelle auch keine Katzen mögen"

"حسنا ، ربما لا أحب القطط إذا كنت مكانك أيضا"

"Bitte ärgern Sie sich nicht über die Erwähnung von Katzen"

"من فضلك لا تغضب من ذكر القطط"

"Und doch wünschte ich, ich könnte dir unsere Katze Dina zeigen"

"ومع ذلك أتمنى أن أريك قطتنا دينا"

"Wenn du sie treffen würdest, würdest du wohl Gefallen an Katzen finden"

"إذا قابلتها ، أعتقد أنك ستتخيل القطط"

"Wenn du sie nur sehen könntest"

"إذا كان بإمكانك رؤيتها فقط"

"Sie ist so ein liebes, stilles Ding"

"إنها شيء عزيز وهادئ"

Die Maus zitterte am ganzen Körper

كان الفأر يرتجف في كل مكان

Alice war sich sicher, dass die Maus wirklich beleidigt sein musste

شعرت أليس بالتأكد من أن الفأر يجب أن يشعر بالإهانة حقا

"Wir reden nicht mehr über sie, wenn du lieber nicht willst"

"لن نتحدث عنها بعد الآن ، إذا كنت تفضل عدم ذلك"

"Wir, allerdings!" rief die Maus

"نحن ، حقا "إصرخ الفأر

Die Maus zitterte bis zum Ende ihres Schwanzes

كان الفأر يرتجف حتى نهاية ذيله

»Als ob ich über so ein Thema reden würde!«

"كما لو كنت سأتحدث عن مثل هذا الموضوع"!

"Unsere Familie hat Katzen schon immer gehasst"

"عائلتنا تكره القطط دائما"

"Katzen; Gemeine, niedrige, gemeine Dinger!"

"القطط أشياء سيئة ، منخفضة ، مبتذلة!

"Laß mich den Namen nicht noch einmal hören!"

"لا تدعني أسمع الاسم مرة أخرى"!

"Katzen will ich ja nicht mehr erwähnen!" sagte Alice

"لن أذكر القطط مرة أخرى بالفعل "!قالت أليس

Sie hatte es sehr eilig, das Thema zu wechseln

كانت في عجلة من أمرها لتغيير الموضوع

"Bist du... Lieben Sie Hunde?«

"هل أنت ... هل أنت مغرم بالكلاب؟

"Es gibt so einen netten kleinen Hund in der Nähe unseres Hauses."

"هناك مثل هذا الصغير اللطيف بالقرب من منزلنا ،"

"Ich möchte dir den kleinen Hund zeigen!"

"أود أن أريك الصغير"!

"Dieser kleine Hund tötet alle Ratten und...

"هذا الصغير يقتل كل الفئران و...

»O je!« rief Alice in traurigem Tone

"أوه ، عزيزي "!صرخت أليس بنبرة حزينة

»Ich fürchte, ich habe dich schon wieder beleidigt!«

"أخشى أنني أساءت إليك مرة أخرى"!

Die Maus schwamm so schnell sie konnte von ihr weg

كان الفأر يسبح بعيدا عنها بأسرع ما يمكن أن يذهب

Und die Maus machte einen ziemlichen Aufruhr im Tümpel

وأثار الفأر ضجة كبيرة في المسبح

Da rief sie leise der Maus nach

لذلك اتصلت بهدوء بعد الفأر

"Meine liebe Maus, komm bitte zurück!"

"عزيزي الفأر ، من فضلك عد"!

"Und wir werden nicht über Katzen sprechen"

"ولن نتحدث عن القطط"

"Und über Hunde müssen wir auch nicht reden"

"وليس علينا التحدث عن أيضا"

Als die Maus das hörte, drehte sie sich um

عندما سمع الفأر هذا ، استدار

Und die kleine Maus schwamm langsam zu ihr zurück

وسبح الفأر الصغير ببطء عائدا إليها

Das Gesicht der Maus war ganz blaß

كان وجه الفأر شاحبا جدا

Und die Maus sprach mit leiser, zitternder Stimme

وتحدث الفأر بصوت منخفض يرتجف

"Lasst uns ans Ufer gehen"

"دعونا نصل إلى الشاطئ"

"Und dann erzähle ich dir meine Geschichte"

"وبعد ذلك سأخبرك بتاريخي"

"Und du wirst verstehen, warum ich Katzen und Hunde
hasse"

"وستفهم لماذا أكره القطط"

Es war höchste Zeit zu gehen

لقد حان الوقت للذهاب

weil der Pool ziemlich voll wurde

لأن المسبح كان مزدحما للغاية

Andere Vögel und Tiere waren in den Pool gefallen

سقطت طيور أخرى في البركة

es gab eine Ente und einen Dodo

كان هناك بطة ودودو

und da waren ein Lory-Vogel und ein Adler

وكان هناك طائر لوري ونسر

und es gab noch einige andere interessant aussehende
Kreaturen

وكان هناك العديد من المخلوقات الأخرى ذات المظهر المثير للاهتمام

Alice führte den Weg aus dem Pool

قادت أليس الطريق للخروج من المسبح

und die ganze Gesellschaft der Tiere schwamm ans Ufer

وسبحت مجموعة بأكملها إلى الشاطئ

Ein Caucus-Rennen und ein langer Schwanz

سباق حزبي وذيل طويل

Es waren in der Tat ein lustig aussehender Haufen Tiere

لقد كانوا بالفعل مجموعة من ذات المظهر المضحك

und sie versammelten sich alle am Ufer des Wassers

وتجمعوا جميعا على ضفة المياه

die Vögel hatten alle zerzauste Federn

كانت جميع الطيور لديها ريش ممزق

und die pelzigen Tiere waren durchnässt

وغارقة ذات الفراء

und alle waren triefend nass, genervt und unwohl

وكان الجميع يقطر مبللة ومنزعجة وغير مريحة

Es gab eine Frage, die zuerst beantwortet werden musste

كان هناك سؤال واحد يجب الإجابة عليه أولا

Was ist der beste Weg für alle, um trocken zu werden?

ما هي أفضل طريقة للجميع للجفاف؟

Sie hatten eine Konsultation zu diesem Thema

لقد أجروا مشاورات حول هذا الأمر

Bald waren sie alle auf vertrautem Einvernehmen

سرعان ما أصبحوا جميعا على شروط مألوفة

Es war, als ob sie sie ihr ganzes Leben lang gekannt hätte

كان الأمر كما لو كانت تعرفهم طوال حياتها

Die Maus schien eine Person mit einer gewissen Autorität zu sein

بدا الفأر وكأنه شخص يتمتع ببعض السلطة

"Setzt euch, ihr alle, und hört mir zu!

"اجلس ، جميعكم ، واستمعوا إلي!"

"Ich werde euch bald wieder alle trocken machen!"

"سأجعلكم جميعا تجففون قريبا مرة أخرى"!

Sie setzten sich alle auf einmal in einem großen Ring nieder

جلسوا جميعا في وقت واحد ، في حلقة كبيرة

Und die kleine Maus saß in der Mitte

وجلس الفأر الصغير في المنتصف

"Ähm!" sagte die Maus mit einer wichtigen Miene

"مهم "!إقال الفأر بهواء مهم

"Seid ihr bereit?"

"هل أنتم مستعدون تماما؟"

"Das ist das Trockenste, was ich kenne"

"هذا هو أكثر الأشياء جفافا التي أعرفها"

»Schweigen Sie ringsum, wenn Sie wollen!«

"الصمت في كل مكان ، إذا سمحت"!

"Wilhelm der Eroberer wurde vom Papst begünstigt"

"كان وليام الفاتح مفضلا من قبل البابا"

"aber er wurde bald von den Engländern unterworfen"

"لكنه سرعان ما خضع له الإنجليز "

"Sie wollten in letzter Zeit Führer"

"لقد أرادوا قادة في الآونة الأخيرة"

"Und sie waren an Macht und Eroberung gewöhnt"

"وقد اعتادوا على السلطة والغزو"

"Edwin und Morcar, die Grafen von Mercia und Northumbria"

"إدوين وموركار ، إيرل ميرسيا ونورثمبريا"

»Pfui!« sagte der Lori-Vogel mit einem Schauer

"قرف "!إقال طائر لوري برعشة

"und sogar Stigand, der patriotische Erzbischof von Canterbury"

"وحتى ستيجاند ، رئيس أساقفة كانتربري الوطني"

"Er fand es auch ratsam"

"وجد ذلك مستصوبا أيضا"

"Was hielt er für ratsam?" fragte die Ente

"ما الذي وجد أنه مستحسن؟ "قالت البطة

"Er fand es ratsam", antwortete die Maus ziemlich verärgert

"لقد وجد أنه من المستحسن ذلك "أجاب الفأر بغضب إلى حد ما

aber die Ente war nicht zufrieden

لكن البطة لم تكن راضية

"Natürlich weißt du, was 'es' bedeutet"

"بالطبع ، أنت تعرف ما تعنيه "إنها""

"Ich weiß, was es ist, wenn ich etwas finde," sagte die Ente

قالت البطة" :أعرف ما هو "عندما أجد شيئا ما

"Es ist in der Regel ein Frosch oder ein Wurm"

"إنه بشكل عام ضفدع أو دودة"

"Die Frage ist, was hat der Erzbischof gefunden?"

"السؤال هو ، ماذا وجد رئيس الأساقفة؟"

Die Maus bemerkte diese Frage nicht

لم يلاحظ الفأر هذا السؤال

Stattdessen fuhr die Maus hastig mit der Rede fort

بدلا من ذلك ، واصل الفأر على عجل الخطاب

"Er fand es ratsam, mit Edgar Atheling zu gehen"

"وجد أنه من المستحسن الذهاب مع إدغار أثيلينج"

"um William zu treffen und ihm die Krone anzubieten"

"لمقابلة ويليام وتقديم التاج له"

fuhr die Maus fort und wandte sich dabei an Alice

واصل الفأر ، متفت إلى أليس وهو يتحدث

»Wie geht es dir jetzt, meine Liebe?«

"كيف حالك الآن يا عزيزي؟"

»So naß wie immer,« sagte Alice in melancholischem Tone

"مبللة أكثر من أي وقت مضى "، قالت أليس بنبرة حزينة

"Diese Geschichte scheint mich überhaupt nicht auszutrocknen"

"لا يبدو أن هذه القصة تجففني على الإطلاق"

»In diesem Falle,« sagte der Dodo feierlich und erhob sich

"في هذه الحالة "، قال الدودو رسميا ، وهو يقف على قدميه

"Ich stimme dafür, dass die Sitzung vertagt wird"

"أصوت على تأجيل الجلسة"

"und ich schlage vor, sofort energischere Heilmittel zu ergreifen"

"وأقترح الاعتماد الفوري لعلاجات أكثر نشاطا"

"Sprich wahre Worte!" sagte der Adler

"تحدث بكلمات حقيقية "!قال النسر

"Ich weiß nicht, was die Hälfte dieser langen Worte bedeutet"

"لا أعرف معنى نصف تلك الكلمات الطويلة"

»und außerdem glaube ich nicht, daß Sie es wissen!«

"والأكثر من ذلك ، لا أعتقد أنك تعرف أيضا"!

»Was ich sagen wollte«, sagte der Dodo in beleidigtem Ton

"ما كنت سأقوله "، قال طائر الدودو بنبرة مستاءة

"Das Beste, was uns trocken kriegt, wäre ein Caucus-Rennen"

"أفضل شيء لجعلنا يجففون هو سباق المؤتمر"

»Was ist ein Caucus-Rennen?« fragte Alice

"ما هو سباق المؤتمرات الحزبية؟ "قالت أليس

"Nun", sagte der Dodo, "der beste Weg, es zu erklären, ist, es
zu tun."

قال طائر الدودو" :حسنا ، أفضل طريقة لشرح ذلك هي القيام بذلك"

"Zuerst steckte der Dodo eine Rennbahn ab"

"أولا ، حدد طائر الدودو مضمار سباق"

"Die Strecke verlief in einer Art Kreis"

"كان المسار في نوع من الدائرة"

"Und dann wurde die ganze Gesellschaft entlang der Strecke
platziert"

"ثم تم وضع كل الحفلة على طول المسار"

Es gab kein "Eins, zwei, drei und weg!"

لم يكن هناك" واحد ، اثنان ، ثلاثة وبعيدا"!

aber sie fingen an zu rennen, wann sie wollten

لكنهم بدأوا في الركض عندما يحبون

Und sie beendeten auch, wenn sie wollten

وانتهوا أيضا عندما أحلو لهم

Es war also nicht einfach zu wissen, wann das Rennen
vorbei war

لذلك لم يكن من السهل معرفة متى انتهى السباق

Nach etwa einer halben Stunde Laufen waren sie alle
ziemlich trocken

بعد نصف ساعة أو نحو ذلك من الجري ، كانوا جميعا جافين تماما

der Dodo rief plötzlich: "Das Rennen ist vorbei!"

صرخ طائر الدودو فجأة ،" انتهى السباق"!

Und sie drängten sich alle um den Dodo

واحتشدوا جميعا حول طائر الدودو

Alle Tiere hechelten und schnauften

كانت جميع تلهث وتنتفخ

und sie alle wollten wissen: "Aber wer hat gewonnen?"

وأرادوا جميعا أن يعرفوا ،" لكن من فاز؟"

Diese Frage konnte der Dodo nicht sofort beantworten

لم يستطع طائر الدودو الإجابة على هذا السؤال على الفور

Zuerst musste er sehr viel nachdenken

أولا كان عليه أن يفكر كثيرا

Nach langem Nachdenken sprach der Dodo schließlich

بعد الكثير من التفكير ، تحدث طائر الدودو أخيرا

"Jeder hat gewonnen, und jeder muss Preise haben"

"لقد فاز الجميع ، ويجب أن يحصل الجميع على جوائز"

»Aber wer soll die Preise geben?« fragte ein Chor von
Stimmen

"لكن من سيعطي الجوائز؟ "سألت جوقة من الأصوات

"Nun, sie natürlich", sagte der Dodo

"حسنا ، هي ، بالطبع "، قال طائر الدودو

und der Dodo deutete mit einem Finger auf Alice

وأشار طائر الدودو بإصبع واحد إلى أليس

und die ganze Gesellschaft von Tieren drängte sich um sie

ومجموعة بأكملها مزدحمة حولها

sie riefen verwirrt: »Preise! Preise!"

نادوا بطريقة مرتبكة ،" الجوائز !الجوائز"!

Alice hatte keine Ahnung, was sie tun sollte

لم يكن لدى أليس أي فكرة عما يجب القيام به

Verzweifelt steckte sie die Hand in die Tasche

في حالة من اليأس وضعت يدها في جيبها

Und sie zog eine Schachtel mit Süßigkeiten hervor

وسحبت علبة حلويات

Glücklicherweise war das Salzwasser nicht in den Kasten
gelangt

لحسن الحظ ، لم تدخل المياه المالحة في الصندوق

Und sie reichte die Süßigkeiten als Preise herum

وسلمت الحلويات كجوائز

Es gab genau ein Stück für jeden

كان هناك قطعة واحدة بالضبط للجميع

Das nächste, was sie tun mussten, war, die Süßigkeiten zu
essen

الشيء التالي الذي كان عليهم فعله هو تناول الحلويات

Dies verursachte einige Geräusche und Verwirrung

تسبب هذا في بعض الضوضاء والارتباك

Die großen Vögel klagten, dass sie ihre Süßigkeiten nicht
schmecken konnten

اشتكت الطيور الكبيرة من أنها لا تستطيع تذوق حلوياتها

Die Kleinen verschluckten sich und mussten auf den
Rücken geklopft werden

اختنق الصغار وكان لا بد من التربيت على ظهورهم

Doch dann war es endlich vorbei

ومع ذلك ، انتهى الأمر أخيرا

Und sie setzten sich wieder in einem Ring nieder

وجلسوا مرة أخرى في حلقة

Und sie flehten die Maus an, ihnen noch etwas zu erzählen

وتوسلوا إلى الفأر أن يخبرهم بشيء أكثر

»Du hast versprochen, mir deine Geschichte zu erzählen,
weißt du,« sagte Alice

قالت أليس" لقد وعدت أن تخبرني بتاريخك ، كما تعلم"

und sie machte noch eine kleine Bemerkung über Katzen im
Flüsterton

وأدلت بملاحظة صغيرة أخرى عن القطط في همس

Sie wollte die Maus nicht noch einmal beleidigen

لم تكن تريد الإساءة إلى الفأر مرة أخرى

die kleine Maus drehte sich zu Alice um und seufzte

التفت الفأر الصغير إلى أليس وتنهد

"Meine Geschichte ist lang und traurig!"

"حكايتي طويلة وحزينة"!

»Es ist gewiß ein langer Schwanz,« sagte Alice

قالت أليس" إنه ذيل طويل بالتأكيد"

Und sie blickte verwundert auf den Schwanz der Maus
hinunter

ونظرت إلى الأسفل بدهشة إلى ذيل الفأر

"Aber warum nennst du es einen traurigen Schwanz?"

"لكن لماذا تسميها ذيلا حزينا؟"

Und sie rätselte unaufhörlich, während die Maus sprach

واستمرت في الحيرة حيال ذلك بينما كان الفأر يتحدث

so daß ihre Vorstellung von der Geschichte ungefähr so
aussah

بحيث كانت فكرتها عن الحكاية شيئا من هذا القبيل

"Fury said to
a mouse, That
he met in the
house, 'Let
us both go
to law: *I*
will prosecute
you.—
Come, I'll
take no denial:
We must have
the trial;
For really
this morning
I've
nothing
to do.'
Said the
mouse to
the cur,
'Such a
trial, dear
sir, With
no jury
or judge,
would
be wasting
our
breath.'
'I'll be
judge,
I'll be
jury,'
said
cunning
old
Fury;
'I'll
try
the
whole
cause,
and
condemn
you to
death.'"

Fury sagte zu einer Maus, die er im Haus getroffen hat."

قال الغضب للفأر ، إنه التقى في المنزل"

Lasst uns beide vor Gericht gehen: Ich werde euch anklagen

دعونا نذهب إلى القانون: سأحاكمك

Kommen Sie, ich leugne es nicht: Wir müssen den Prozeß
haben

تعال ، لن أقبل أي إنكار: يجب أن نحصل على المحاكمة

Denn heute morgen habe ich wirklich nichts zu tun

حقا هذا الصباح ليس لدي ما أفعله

Sagte die Maus zum Pfarrer;

قال الفأر للكير.

Ein solcher Prozeß, lieber Herr, ohne Geschworene und
Richter, würde uns den Atem rauben

مثل هذه المحاكمة ، سيدي العزيز ، بدون هيئة محلفين أو قاض ، ستضيع أنفاسنا

»Ich werde Richter sein, ich werde Geschworener sein«,
sagte der schlaue alte Fury

"سأكون قاضيا ، سأكون هيئة محلفين "، قال فيوري العجوز الماكر

Ich werde die ganze Sache prüfen und dich zum Tode
verurteilen

سأجرب القضية برمتها ، وأحكم عليك بالموت

die Maus sprach streng zu Alice

تحدث الفأر بشدة إلى أليس

"Du passt nicht auf!"

"أنت لا تنتبه"!

"Woran denkst du?"

"ما الذي تفكر فيه؟"

»Ich bitte um Verzeihung,« sagte Alice sehr demütig

"أطلب العفو "، قالت أليس بتواضع شديد

»Sie waren in der fünften Kurve angelangt, glaube ich?«

"لقد وصلت إلى المنعطف الخامس ، على ما أعتقد؟"

"Du beleidigst mich, indem du so einen Unsinn redest!"

"أنت تهينني بالكلام بمثل هذا الهراء"!

Und die Maus stand auf und ging weg

ونهض الفأر وابتعد

Alice rief der kleinen Maus hinterher

اتصلت أليس بالفأر الصغير

"Bitte komm zurück und beende deine Geschichte!"

"من فضلك عد وقم بإنهاء قصتك"!

Und die andern stimmten alle in den Chor ein

وانضم الآخرون جميعا في الجوقة

"Ja, bitte beenden Sie Ihre Geschichte!"

"نعم ، من فضلك قم بإنهاء قصتك"!

Aber die Maus schüttelte nur ungeduldig den Kopf

لكن الفأر هز رأسه بفارغ الصبر فقط

Und die kleine Maus ging ein wenig schneller

ومشى الفأر الصغير أسرع قليلا

"Ich wünschte, ich hätte Dinah, unsere Katze, hier!" sagte Alice

"إقالت أليس "أتمنى لو كان لدي دينا ، قطتنا ، هنا

Dies erregte in der Partei ein bemerkenswertes Aufsehen

تسبب هذا في ضجة كبيرة بين الحزب

Einige der Vögel eilten sofort davon

سارعت بعض الطيور في الحال

und ein Kanarienvogel rief mit zitternder Stimme seinen Kindern zu;

ونادى الكناري بصوت مرتجف لأطفاله.

»Kommt fort, meine Lieben!«

"تعال بعيدا يا أعزائي"!

"Es ist höchste Zeit, dass ihr alle im Bett seid!"

"لقد حان الوقت لتكون جميعا في السرير"!

Mit verschiedenen Ausreden gingen sie alle weg

بأعذار مختلفة ذهبوا جميعا بعيدا

und Alice war bald allein

وسرعان ما تركت أليس بمفردها

"Ich wünschte, ich hätte Dina nicht erwähnt!"

"أتمنى لو لم أذكر دينا"!

"Niemand scheint sie hier unten zu mögen"

"لا يبدو أن أحدا يحبها هنا"

"Aber ich bin mir sicher, dass sie die beste Katze von der Welt ist!"

"لكنني متأكد من أنها أفضل قطة في العالم"!

Die arme Alice fing wieder an zu weinen

بدأت أليس المسكينة في البكاء مرة أخرى

weil sie sich sehr einsam und niedergeschlagen fühlte

لأنها شعرت بالوحدة الشديدة والروح المنخفضة

Nach einer Weile aber hörte sie wieder etwas

ومع ذلك ، في فترة وجيزة ، سمعت شيئا مرة أخرى

ein leises Getrappel von Schritten in der Ferne

القليل من خطى الخطى في المسافة

und sie blickte eifrig auf

ونظرت بفارغ الصبر

Der Hase schickt den kleinen Mr. Bill herein
الأرنب يرسل السيد بيل الصغير

Es war das weiße Kaninchen, das langsam wieder
zurücktrabte

كان الأرنب الأبيض ، يهرول ببطء مرة أخرى

Er sah sich ängstlich um, während er ging

كان ينظر بقلق وهو يذهب

Er sah aus, als hätte er etwas verloren

بدا كما لو أنه فقد شيئا ما

Alice hörte, wie er vor sich hin murmelte

سمعته أليس يتمتم لنفسه

»Die Herzogin! Die Herzogin! Oh, meine lieben Pfoten!"

"الدوقة !الدوقة !أوه ، كفوفي العزيزة!

"Oh, mein Fell und meine Schnurrhaare!"

"أوه ، فروي وشعيراتي"!

"Sie wird mich hinrichten lassen, da bin ich mir sicher"

"ستعدني ، أنا متأكد من ذلك"

"Genauso sicher, wie Frettchen Frettchen sind!"

"تماما مثل القوارض هي قوارض"!

"Wo kann ich meine Sachen abgestellt haben, frage ich
mich?"

"أين يمكنني أن أسقط أغراضي ، أتساءل؟"

Alice erriet in einem Augenblick, was er suchte

خمنت أليس في لحظة ما كان يبحث عنه

Er war auf der Suche nach dem Federfächer

كان يبحث عن مروحة الريشة

Und er suchte nach dem Paar weißer Handschuhe

وكان يبحث عن زوج من القفازات البيضاء

So machte sie sich sehr gutmütig auf die Suche nach den Handschuhen

لذلك بدأت بلطف شديد في البحث عن القفازات

Und sie suchte auch nach dem Federfächer

وبحثت عن مروحة الريشة أيضا

Aber die Handschuhe und der Federfächer waren nirgends zu sehen

لكن القفازات ومروحة الريش لم تكن مرئية في أي مكان

Alles schien sich verändert zu haben, seit sie im Pool geschwommen war

يبدو أن كل شيء قد تغير منذ أن سبحت في المسبح

Nichts war mehr so, wie es war, seit sie in der Großen Halle gewesen war

لم يكن هناك شيء كما هو منذ أن كانت في القاعة الكبرى

und der Glastisch war verschwunden

واختفت الطاولة الزجاجية

Und die kleine Tür war auch nicht da

ولم يكن الباب الصغير موجودا أيضا

Sehr bald bemerkte das Kaninchen Alice

سرعان ما لاحظ الأرنب أليس

rief er ihr in zornigem Ton zu

ناداها بنبرة غاضبة

"Mary Ann, was machst du hier draußen?"

"ماري آن ، ماذا تفعل هنا؟"

"Lauf in diesem Moment nach Hause"

"اركض إلى المنزل هذه اللحظة"

"Und hol mir ein Paar Handschuhe und einen Federfächer!"

"وأحضر لي زوجا من القفازات ومروحة ريش"!

"Und beeil dich!"

"وكن سريعا في ذلك"!

Alice sprach mit sich selbst, als sie davonrannte

تحدثت أليس إلى نفسها وهي تهرب

"Er muss mich für sein Hausmädchen gehalten haben!"

"لا بد أنه أخطأ في أنني خادمة منزله"!

"Wie überrascht wird er sein, wenn er herausfindet, wer ich bin!"

"كم سيكون مندهشا عندما يكتشف من أنا"!

Während sie dies sagte, stieß sie auf ein hübsches Häuschen

عندما قالت هذا ، صادفت منزلا صغيرا أنيقا

An der Tür des Hauses hing eine helle Messingplatte

على باب المنزل كان هناك صفيحة نحاسية لامعة

"W. HASE"

"دبليو أرنب"

Sie trat ein, ohne an die Tür zu klopfen

دخلت دون أن تطرق الباب

und sie eilte geradewegs die Treppe hinauf

وسارعت مباشرة إلى الطابق العلوي

sie machte sich Sorgen, dass sie die echte Mary Ann treffen könnte

كانت قلقة من أنها قد تلتقي بماري آن الحقيقية

denn dann würde sie aus dem Haus gejagt werden

لأنه بعد ذلك سيتم إخراجها من المنزل

Und sie würde den Federfächer und die Handschuhe nicht finden können

ولن تتمكن من العثور على مروحة الريش والقفازات

Alice hatte den Weg in ein aufgeräumtes Kämmerlein gefunden

وجدت أليس طريقها إلى غرفة صغيرة مرتبة

Im Zimmer stand ein Tisch am Fenster

في الغرفة كانت هناك طاولة بجانب النافذة

und auf dem Tisch stand ein Federfächer

وعلى الطاولة كان هناك مروحة من الريش

Und da waren zwei oder drei Paar winzige weiße Handschuhe

وكان هناك زوجان أو ثلاثة أزواج من القفازات البيضاء الصغيرة

Sie hob den Federfächer und ein Paar Handschuhe auf

التقطت مروحة الريش وزوج من القفازات

und sie war eben im Begriff, das Zimmer zu verlassen

وكانت على وشك مغادرة الغرفة

Aber dann fiel ihr Blick auf ein Fläschchen

ولكن بعد ذلك سقطت عيناها على زجاجة صغيرة

Sie entkorkte die Flasche und führte sie an ihre Lippen

فكت الزجاجة ووضعتها على شفتيها

"Ich hoffe, dass ich dadurch wieder groß werde"

"آمل أن يجعلني أنمو بشكل كبير مرة أخرى"

"Ich bin es leid, so ein winziges Ding zu sein!"

"لقد سئمت من أن أكون شيئا صغيرا"!

Alice hatte kaum die halbe Flasche getrunken

بالكاد شربت أليس نصف الزجاجة

Ihr Kopf drückte bereits gegen die Decke

كان رأسها يضغط بالفعل على السقف

und sie musste sich bücken

وكان عليها أن تنحني

um ihr das Genick vor dem Genickbruch zu bewahren

لإنقاذ رقبتها من الكسر

Hastig stellte sie die Flasche ab

وضعت الزجاجة على عجل

"Das reicht"

"هذا يكفي تماما"

"Ich hoffe, ich wachse nicht mehr"

"آمل ألا أنمو بعد الآن"

Leider! Es war zu spät, das zu wünschen!

واحسرتاه !لقد فات الأوان لأتمنى ذلك!

Sie wuchs und wuchs weiter

استمرت في النمو والنمو

und sehr bald musste sie sich auf den Boden knien

وسرعان ما اضطرت إلى الركوع على الأرض

und selbst dann wuchs sie weiter

وحتى ذلك الحين استمرت في النمو

Als letztes Mittel streckte sie einen Arm aus dem Fenster

كمورد أخير ، وضعت ذراعا واحدا من النافذة

und sie setzte einen Fuß auf den Schornstein

ووضعت قدما واحدة فوق المدخنة

"Jetzt kann ich nicht mehr, was auch immer passiert"

"الآن لا يمكنني فعل المزيد، مهما حدث"

»Was wird aus mir?«

"ماذا سيحدث لي؟"

Alice hatte Glück

كان لدى أليس بقعة حظ

Das kleine Zauberfläschchen hatte seine volle Wirkung entfaltet

كان للزجاجة السحرية الصغيرة تأثيرها الكامل

und Alice wurde nicht größer, als sie war

ولم تنمو أليس أكبر مما كانت عليه

Nach ein paar Minuten hörte sie draußen eine Stimme

بعد بضع دقائق سمعت صوتا في الخارج

Und sie blieb stehen, um der Stimme zu lauschen

وتوقفت للاستماع إلى الصوت

»Mary Ann! Mary Ann!« sagte die Stimme

"ماري آن إماري آن "إقال الصوت

"Hol mir gleich meine Handschuhe!"

"أحضر لي قفازاتي هذه اللحظة"!

Dann ertönte ein leises Getrappel von Füßen auf der Treppe

ثم جاء القليل من الأقدام على الدرج

Alice wusste, dass es das Kaninchen war, das kam, um sie zu suchen

عرفت أليس أن الأرنب قادم للبحث عنها

und sie zitterte, bis sie das Haus erschütterte

وارتجفت حتى هزت المنزل

Sie vergaß ganz, welche Proportionen sie hatte

لقد نسيت تماما ما هي نسبها

Sie war tausendmal so groß wie das Kaninchen

كانت أكبر بألف مرة من الأرنب

und sie hatte keinen Grund, sich vor einem Kaninchen zu fürchten

ولم يكن لديها سبب للخوف من الأرنب

Bald kam das Kaninchen an die Tür heran

في الوقت الحاضر صعد الأرنب إلى الباب

Und das kleine Kaninchen versuchte, die Tür zu öffnen

وحاول الأرنب الصغير فتح الباب

Die Tür begann sich nach innen zu öffnen

بدأ الباب يفتح إلى الداخل

aber Alices Ellbogen wurde hart gegen die Tür gedrückt

لكن مرفق أليس تم الضغط عليه بقوة على الباب

Dieser Versuch erwies sich als Fehlschlag

أثبتت هذه المحاولة فشلها

Alice hörte, wie das Kaninchen mit sich selbst sprach

سمعت أليس الأرنب يتحدث إلى نفسه

"Dann gehe ich herum und steige durch das Fenster ein"

"ثم سأتجول وأدخل من النافذة"

"Das wirst du nicht!" dachte Alice

"إفكرت أليس "لن تفعل

und sie wartete wieder ein wenig

وانتظرت قليلا مرة أخرى

Bald hörte sie das Kaninchen gerade unter dem Fenster

سرعان ما سمعت الأرنب تحت النافذة مباشرة

Plötzlich streckte sie ihre Hand aus

فجأة مدت يدها

Und sie machte einen Sprung in die Luft

وقامت بخطف في الهواء

Sie bekam nichts in die Finger

لم تحصل على أي شيء

aber sie hörte einen kleinen Schrei und einen Sturz

لكنها سمعت صراخا صغيرا وسقوطا

und sie hörte ein Krachen von zerbrochenem Glas

وسمعت تحطم الزجاج المكسور

Vielleicht war das Kaninchen gefallen

ربما سقط الأرنب

Vielleicht war er in einem Gewächshaus

ربما كان في دفيئة

Dann ertönte eine zornige Stimme; Die Stimme des Kaninchens

بعد ذلك جاء صوت غاضب .صوت الأرنب

"Pat, wo bist du?"

"بات ، أين أنت؟"

Und dann ertönte eine Stimme, die sie noch nie zuvor gehört hatte

ثم جاء صوت لم تسمعه من قبل

"Euer Ehren, ich bin hier!"

"شرفك ، أنا هنا"!

"Ich grabe nach Äpfeln"

"أنا أحفر بحثا عن التفاح"

»Hier! Komm und hilf mir da raus!"

"هنا إتعال وساعدني على الخروج من هذا!"

»Nun sag mir, Pat, was ist das da im Fenster?«

"الآن قل لي يا بات ، ما هذا في النافذة؟"

"Sicher, Euer Ehren, ich werde es Ihnen sagen"

"بالتأكيد ، حضرتك ، سأخبرك"

"Das ist ein Arm, der im Fenster steckt!"

"إنها ذراع في النافذة"!

"Na ja, da hat ein Arm nichts zu suchen"

"حسنا ، الذراع ليس لها عمل هناك"

"Geh und nimm den Arm weg!"

"اذهب وخذ الذراع بعيدا"!

Hierauf trat ein langes Schweigen ein

ساد صمت طويل بعد ذلك

und Alice konnte nur ab und zu ein Flüstern hören

ولم تستطع أليس سماع الهمسات إلا بين الحين والآخر

und endlich streckte sie die Hand wieder aus

وأخيرا مدت يدها مرة أخرى

Und sie machte einen weiteren Sprung in die Luft

وقامت بانتزاع آخر في الهواء

Diesmal gab es zwei kleine Schreie

هذه المرة كان هناك صرختان صغيرتان

und es gab noch mehr Geräusche von zerbrochenem Glas

وكان هناك المزيد من أصوات الزجاج المكسور

"Ich möchte wohl wissen, was sie nun tun werden!" dachte
Alice

"أتساءل ماذا سيفعلون بعد ذلك "إفكرت أليس

"Ich wünschte, sie würden mich aus dem Fenster ziehen"

"أتمنى أن يسحبوني من النافذة"

Sie wartete eine Weile

انتظرت لبعض الوقت

aber eine Weile hörte sie nichts mehr

لكن لفترة من الوقت لم تسمع أي شيء آخر

Endlich ertönte das Rumpeln kleiner Rädchen

أخيرا جاء قعقعة من العجلات الصغيرة

Und da ertönten viele Stimmen

وجاء صوت أصوات كثيرة

Alle Stimmen sprachen miteinander

كانت كل الأصوات تتحدث معا

Sie konnte einige der Worte verstehen

يمكنها أن تصنع بعض الكلمات

"Wo ist die andere Leiter?"

"أين السلم الآخر؟"

"Bill hat die andere Leiter"

"بيل لديه السلم الآخر"

"Bill, komm her!"

"بيل ، تعال إلى هنا"!

"Wird das Dach die Last tragen?"

"هل سيتحمل السقف العبء؟"

"Wer will schon den Schornstein hinuntergehen?"

"من يريد أن ينزل المدخنة؟"

»Nein, das werde ich nicht! Du machst es!"

"لا ، لن أفعل إ أنت تفعل ذلك"!

»Hier, Bill!«

"هنا يا بيل"!

"Der Meister sagt, du musst in den Schornstein hinunter!"

"يقول السيد إنه يجب عليك النزول من المدخنة"!

Alice zog ihren Fuß so weit den Schornstein hinab, wie sie konnte

سحبت أليس قدمها إلى أسفل المدخنة قدر استطاعتها

Und dann wartete sie, was kommen würde

ثم انتظرت لترى ما سيحدث

Sie hörte ein kleines Tier kratzen und krabbeln

سمعت صغيرا يخدش ويتدافع

Das Tierchen muss sich im Schornstein befinden

يجب أن يكون الصغير في المدخنة

dann gab sie einen scharfen Tritt

ثم أطلقت ركلة حادة واحدة

Und sie wartete ab, was als nächstes geschehen würde

وانتظرت لترى ما سيحدث بعد ذلك

Sie hörte einen allgemeinen Chor von Stimmen

سمعت جوقة عامة من الأصوات

"Da geht Bill!", sagten alle

"ها هو بيل "إقالوا جميعا

Dann hörte sie allein die Stimme des Kaninchens

ثم سمعت صوت الأرنب وحده

"Du an der Hecke, fang ihn!"

"أنت بجانب السياج ، أمسك به"!

Es trat wieder ein Augenblick des Schweigens ein

كانت هناك لحظة صمت أخرى

Und dann gab es wieder ein Stimmengewirr

ثم كان هناك ارتباك آخر في الأصوات

"Halt seinen Kopf hoch, Brandy"

"ارفع رأسه يا براندي"

"Pass auf, dass du ihn nicht würgst"

"احرص على عدم خنقه"

"Was ist mit dir passiert?"

"ماذا حدث لك؟"

Zuletzt kam eine kleine, schwache, quietschende Stimme

جاء آخر صوت ضعيف قليلا وصرير

"Nun, ich weiß es kaum mehr"

"حسنا ، بالكاد لا أعرف المزيد"

"Danke euch allen, mir geht es jetzt besser"

"شكرا لكم جميعا ، أنا أفضل الآن"

"Es gibt eine Sache, an die ich mich erinnern kann"

"هناك شيء واحد يمكنني تذكره"

"Irgendetwas kommt auf mich zu wie ein Zug im Tunnel"

"شيء ما يأتي إلي مثل قطار في نفق"

"Und ich fliege hoch wie eine Rakete!"

"وأنا أطير مثل صاروخ السماء"!

Es gab ein oder zwei Minuten des Schweigens

سادت دقيقة أو دقيقتين من الصمت

Und dann fingen sie wieder an, sich zu bewegen

ثم بدأوا في التحرك مرة أخرى

und Alice hörte das Kaninchen wieder sprechen

وسمعت أليس الأرنب يتحدث مرة أخرى

"Ein Karren voll reicht für den Anfang"

"العربة سوف تفعل ، في البداية"

"Einen Karren voll wovon?" dachte Alice

"عربة مليئة بماذا؟ "فكرت أليس

Aber sie wurde nicht lange in Atem gehalten

لكنها لم تبقى في حالة تشويق لفترة طويلة

Ein Regen von kleinen Kieselsteinen drang durch das
Fenster

جاء وابل من الحصى الصغيرة من خلال النافذة

und einige der kleinen Kieselsteine trafen sie im Gesicht

وضربتها بعض الحصى الصغيرة في وجهها

Alice wunderte sich über die kleinen Kieselsteine

فوجئت أليس بالحصى الصغيرة

all die kleinen Kieselsteine verwandelten sich in Kuchen

كل الحصى الصغيرة كانت تتحول إلى كعك

und eine glänzende Idee kam ihr in den Kopf

وجاءت فكرة مشرقة في رأسها

"Einen von diesen Kuchen sollte ich essen"

"يجب أن آكل واحدة من هذه الكعكات"

'Der Kuchen wird sicher etwas an meiner Größe ändern"

"من المؤكد أن الكعكة ستحدث بعض التغيير في حجمي"

Also schluckte sie einen der Kuchen

لذلك ابتلعت إحدى الكعك

und sie freute sich, als sie feststellte, dass sie anfing zu
schrumpfen

وكانت سعيدة عندما وجدت أنها بدأت في الانكماش

Bald war sie klein genug, um durch die Tür zu kommen

سرعان ما أصبحت صغيرة بما يكفي لعبور الباب

Sie rannte aus dem Haus

ركضت من المنزل

Draußen wartete eine Menge kleiner Tiere und Vögel

كان حشد من والطيور الصغيرة ينتظر في الخارج

alle kleinen Vögel und Tiere stürzten sich auf Alice

هرعت كل الطيور الصغيرة إلى أليس

aber sie rannte davon, so schnell sie konnte

لكنها هربت بأسرع ما يمكن

und bald fand sie sich sicher in einem dichten Walde

وسرعان ما وجدت نفسها آمنة في خشب كثيف

Alice irrte im Walde umher

تجولت أليس في الغابة

Und sie dachte bei sich:

وفكرت في نفسها:

"Ich weiß, was ich zuerst zu tun habe"

"أعرف ما يجب أن أفعله أولا"

"erst muss ich wieder auf meine richtige Größe wachsen"

"أولا يجب أن أنمو إلى حجمي الصحيح مرة أخرى"

"Und dann muss ich den Weg in diesen schönen Garten
finden"

"وبعد ذلك يجب أن أجد طريقي إلى تلك الحديقة الجميلة"

"Ich glaube, ich sollte irgendetwas essen oder trinken"

"أفترض أنني يجب أن آكل أو أشرب شيئا أو آخر"

"Aber die Frage ist, was soll ich essen oder trinken?"

"لكن السؤال هو ماذا يجب أن آكل أو أشرب؟"

Alice blickte sich um und betrachtete die Blumen

نظرت أليس من حولها إلى الزهور

Und sie schaute durch die Grashalme hindurch

ونظرت من خلال شفرات العشب

aber sie konnte nichts zu essen und zu trinken sehen

لكنها لم تستطع رؤية أي شيء تأكله أو تشربه

Nichts sah nach dem Richtigen zum Essen oder Trinken aus

لا شيء يبدو وكأنه الشيء الصحيح للأكل أو الشراب

In ihrer Nähe wuchs ein großer Pilz

كان هناك فطر كبير ينمو بالقرب منها

der Pilz war ungefähr so groß wie Alice

كان الفطر بنفس ارتفاع أليس تقريبا

Sie streckte sich auf den Zehenspitzen auf

مددت نفسها على رؤوس أصابعها

Und sie guckte über den Rand des Pilzes

ونظرت إلى حافة الفطر

Ihre Augen trafen sofort die Augen einer großen blauen Raupe

التقت عيناها على الفور بعيون كاتربيلر أزرق كبير

Die Raupe saß auf der Spitze des Pilzes

كانت اليرقة جالسة على قمة الفطر

und die Raupe hatte alle Arme gekreuzt

وكانت اليرقة قد عبرت كل ذراعيه

Und er rauchte leise eine lange Wasserpfeife

وكان يدخن بهدوء شيشة طويلة

und er nahm nicht die geringste Notiz von irgendetwas

ولم يأخذ أدنى اهتمام لأي شيء

und er achtete gewiß nicht auf Alice

وهو بالتأكيد لم ينتبه إلى أليس

Ratschläge von einer Raupe

نصيحة من كاتربيلر

Endlich nahm die Raupe die Shisha aus dem Maul

أخيرا أخرجت اليرقة الشيشة من فمها

und er redete Alice mit einer trägen, schläfrigen Stimme an

وخاطب أليس بصوت ضعيف ونعاس

"Wer bist du?" fragte die Raupe

"من أنت؟ "قالت اليرقة

Alice antwortete etwas schüchtern: "Ich weiß es kaum, Sir."

أجابت أليس بخجل إلى حد ما ،" بالكاد أعرف يا سيدي"

"Gerade im Moment ist alles ein bisschen..."

"فقط في الوقت الحالي ، كل شيء قليلا"...

"Ich weiß, wer ich war, als ich heute Morgen aufgestanden bin."

"أعرف من كنت عندما استيقظت هذا الصباح"

"aber ich glaube, ich muss mich seitdem mehrmals verändert haben"

"لكنني أعتقد أنني يجب أن أكون قد تغيرت عدة مرات منذ ذلك الحين"

"Was meinst du damit?" sagte die Raupe

"ماذا تقصد بذلك؟ "قالت اليرقة

Streng forderte die Raupe sie auf, sich zu erklären

طلبت منها اليرقة بصرامة أن تشرح نفسها

»Ich kann mich nicht erklären, fürchte ich, Sir«, sagte Alice

"قالت أليس" :لا أستطيع أن أشرح ، أخشى يا سيدي"

"weil ich nicht ich selbst bin"

"لأنني لست"

"Du siehst, es ist sehr verwirrend, so viele verschiedene Größen an einem Tag zu haben"

"كما ترى ، فإن وجود أحجام مختلفة في يوم واحد أمر محير للغاية"

Sie raffte sich auf und sagte sehr ernst:

سحبت نفسها وقالت بجدية شديدة:

"Ich denke, du solltest mir zuerst sagen, wer du bist"

"أعتقد أنه يجب عليك أن تخبرني من أنت أولا"

"Warum?" fragte die Raupe

"لماذا؟ "قالت اليرقة

Alice fiel kein guter Grund ein

لم تستطع أليس التفكير في أي سبب وجيه

und die Raupe schien sich in einem sehr unangenehmen Gemütszustand zu befinden

وبدا أن اليرقة في حالة ذهنية غير سارة للغاية

also wandte sie sich ab

لذلك ابتعدت

"Komm zurück!" rief ihr die Raupe nach

"عد "إنادت اليرقة بعدها

"Ich habe etwas Wichtiges zu sagen!"

"لدي شيء مهم لأقوله"!

Alice drehte sich um und kam wieder zurück

استدارت أليس وعادت مرة أخرى

"Behalte die Fassung!" sagte die Raupe

"حافظ على أعصابك "، قالت اليرقة

»Ist das alles?« fragte Alice

"هل هذا كل شيء؟ "قالت أليس

und sie schluckte ihren Zorn hinunter, so gut sie konnte

وابتلعت غضبها قدر استطاعتها

"Nein!" sagte die Raupe

"لا "، قالت اليرقة

Die Raupe breitete ihre Arme aus

كشفت اليرقة ذراعيها

Und er nahm die Shisha wieder aus dem Mund

وأخرج الشيشة من فمه مرة أخرى

Und er sagte: "Du glaubst also, du bist verändert, oder?"

فقال ،" إذن تعتقد أنك قد تغيرت ، أليس كذلك؟"

»Ich fürchte, ich bin verändert, Sir,« sagte Alice

قالت أليس" :أخشى ، لقد تغيرت يا سيدي"

"Ich kann mich nicht mehr so an Dinge erinnern, wie ich sie
früher in Erinnerung hatte"

"لا أستطيع أن أتذكر الأشياء كما كنت أتذكرها"

"Und ich bleibe nicht länger als zehn Minuten gleich groß!"

"وأنا لا أبقى بنفس الحجم لأكثر من عشر دقائق"!

"Wie groß willst du sein?" fragte die Raupe

"ما هو الحجم الذي تريد أن تكون؟ "سألت اليرقة

»Oh, es ist mir nicht besonders wichtig, wie groß ich bin«,
erwiderte Alice hastig

"أوه ، لا أمانع بشكل خاص في حجمي "، أجابت أليس على عجل

"Ich mag es einfach nicht, so oft die Größe zu wechseln,
weißt du"

"أنا فقط لا أحب تغيير الحجم كثيرا ، كما تعلم"

"Ich würde gerne etwas größer sein, Sir"

"أود أن أكون أكبر قليلا يا سيدي"

»wenn es dir nichts ausmacht,« fügte Alice hinzu

"إذا كنت لا تمانع "، أضافت أليس

"Zehn Zentimeter sind so eine erbärmliche Größe"

"عشرة سنتيمترات هو ارتفاع بائس"

"Das ist wirklich eine sehr gute Höhe!" sagte die Raupe
ärgerlich

"إنه ارتفاع جيد جدا حقا "قالت اليرقة بغضب

und er richtete sich auf, während er sprach

ورفع نفسه منتصبا وهو يتحدث

Er war genau zehn Zentimeter groß

كان ارتفاعه عشرة سنتيمترات بالضبط

In ein oder zwei Minuten war die Raupe vom Pilz
heruntergekommen

في دقيقة أو دقيقتين ، نزلت اليرقة من الفطر

und er kroch ins Gras

وزحف بعيدا في العشب

Als er sich entfernte, machte er einige kleine Bemerkungen

وبينما كان يذهب بعيدا ، أدلى ببعض الملاحظات الصغيرة

"Eine Seite lässt dich größer werden"

"جانب واحد سيجعلك تنمو أطول"

"Und die andere Seite wird dich kleiner werden lassen"

"والجانب الآخر سيجعلك تنمو أقصر"

"Eine Seite wovon?" dachte Alice bei sich

"جانب واحد من ماذا؟ "فكرت أليس في نفسها

"Die andere Seite von was?"

"الجانب الآخر من ماذا؟"

"Die Seite des Pilzes!" sagte die Raupe

"جانب الفطر "، قالت اليرقة

Es war, als hätte sie ihre Frage laut gestellt

كان الأمر كما لو أنها سألت سؤالها بصوت عال

und im nächsten Augenblick war er außer Sichtweite

وفي لحظة أخرى ، كان بعيدا عن الأنظار

Alice blieb stehen und betrachtete den Pilz nachdenklich

ظلت أليس تنظر بعناية إلى الفطر

Sie versuchte herauszufinden, welche die beiden Seiten des
Pilzes waren

كانت تحاول معرفة جانبي الفطر

Endlich streckte sie ihre Arme um den Pilz

أخيرا مدت ذراعيها حول الفطر

und sie brach ein Stück der Ränder ab

وقطعت قليلا من الحواف

»Und nun, welche Seite ist welche?« fragte sie sich

"والآن ، أي جانب أيهما؟ "قالت لنفسها

und sie knabberte ein wenig von dem Stück der rechten
Hand

وقضم القليل من اليد اليمنى

Im nächsten Augenblick spürte sie einen heftigen Schlag
unter ihrem Kinn

في اللحظة التالية شعرت بضربة عنيفة تحت ذقنها

Ihr Kinn hatte ihren Fuß getroffen!

أصابت ذقنها قدمها!

Sie war sehr erschrocken über diese sehr plötzliche

Veränderung

كانت خائفة كثيرا من هذا التغيير المفاجئ للغاية

Sie schrumpfte sehr schnell

كانت تتقلص بسرعة كبيرة

Also aß sie schnell etwas von dem anderen Stück Pilz

لذلك سرعان ما أكلت بعضا من الفطر الآخر

Ihr Kinn war sehr eng gegen ihren Fuß gepresst

تم ضغط ذقنها عن كثب على قدمها

Es war kaum Platz, um den Mund aufzumachen

بالكاد كان هناك مجال لفتح فمها

aber schließlich gelang es ihr, den Mund aufzumachen

لكنها تمكنت أخيرا من فتح فمها

und sie schluckte einen Bissen von dem linken Stück

وابتلعت لقمة من اليد اليسرى

»mein Kopf ist endlich frei!« sagte Alice

"لقد تم تحرير رأسي أخيرا "قالت أليس

Sie blickte an sich herunter

نظرت إلى نفسها

aber alles, was sie sehen konnte, war ein ungeheurer Hals

لكن كل ما استطاعت رؤيته كان طولا هائلا للرقبة

Ihr Hals schien sich wie ein Stiel zu erheben

بدت رقبتها وكأنها ترتفع مثل ساق

Und sie blickte auf ein Meer von grünen Blättern hinab

ونظرت إلى الأسفل فوق بحر من الأوراق الخضراء

"Wo sind meine Schultern geblieben?"

"إلى أين وصلت كتفي؟"

»Und ach, meine armen Hände, wie kommt es, daß ich euch
nicht sehen kann?«

"وأوه ، يدي المسكينة ، كيف لا أستطيع رؤيتك؟"

Aber ihr Hals hatte einen Vorteil

لكن رقبتها كان لها فائدة واحدة

Sie konnte ihren Kopf in jede Richtung bewegen

يمكنها تحريك رأسها في أي اتجاه

Tatsächlich war sie wie eine Schlange

في الواقع ، كانت مثل الثعبان

Sie senkte anmutig ihren Kopf im Zickzack

تعرجت رأسها برشاقة لأسفل
Und sie bewegte ihren Kopf durch die Bäume
وحركت رأسها عبر الأشجار
Aber dann hörte sie ein scharfes Zischen
لكنها سمعت بعد ذلك هسهسة حادة
Und sie zog schnell den Kopf zurück
وسرعان ما سحبت رأسها للخلف
Eine große Taube war ihr ins Gesicht geflogen
طار حمامة كبيرة في وجهها
und die Taube fuhr mit den Flügeln heftig zusammen
وكان الحمام بعنف بجناحيه

»Schlange!« rief die Taube
"الثعبان "إصرخ الحمام
"Ich bin keine Schlange!" sagte Alice entrüstet
"أنا لست ثعبانا "إقالت أليس بسخط
"Laß mich in Ruhe!"
!"اتركني وشأني"
"Ich habe die Wurzeln von Bäumen ausprobiert"
"لقد جربت جذور الأشجار"
"Und ich habe es mit Hecken versucht", fuhr die Taube fort

"وقد جربت التحوطات "، تابع الحمام

»Aber diese Schlangen! Man kann es ihnen nicht recht
machen!"

"لكن تلك الثعابين !لا يوجد إرضاء لهم!

Alice war immer verwirrter

كانت أليس في حيرة أكثر فأكثر

"Als ob es nicht schon Mühe genug wäre, die Eier
auszubrüten!" sagte die Taube

قال الحمامة" :كما لو لم تكن مشكلة كافية في تفقيس البيض"

"Tag und Nacht muss ich mich auch vor Schlangen in Acht
nehmen!"

"ليلا ونهارا يجب أن أبحث عن الثعابين أيضا"!

"Ich hatte gerade den höchsten Baum im Wald gefunden"

"لقد وجدت للتو أعلى شجرة في الغابة"

"Wäre ich hier sicher frei von Schlangen?"

"بالتأكيد سأكون حرا من الثعابين هنا؟"

"Und heraus kommt eine Schlange vom Himmel!"

"ويخرج ثعبان من السماء"!

"Aber ich bin keine Schlange, sage ich dir!" sagte Alice

"لكنني لست ثعبانا ، أقول لك "إقالت أليس

"Ich bin ein... Ich bin ein... Ich bin ein kleines Mädchen«,
fügte sie etwas zweifelnd hinzu

"أنا ... أنا ... أنا فتاة صغيرة "، أضافت بشك إلى حد ما

Schließlich hatte sie viele Veränderungen durchgemacht

لقد مرت بعد كل شيء بالكثير من التغييرات

"Du suchst Eier!" sagte die Taube

قال الحمامة" :أنت تبحث عن البيض"

"Das weiß ich mit Sicherheit"

"أعرف ذلك على سبيل الحقيقة"

"Und was macht es aus, ob du ein kleines Mädchen oder
eine Schlange bist?"

"وما الذي يهم إذا كنت فتاة صغيرة أو ثعبانا؟"

»Es liegt mir sehr viel daran,« sagte Alice hastig

"إنه يهمني كثيرا "، قالت أليس على عجل

"Aber ich bin nicht auf der Suche nach Eiern, wie es der
Zufall will"

"لكنني لا أبحث عن البيض ، كما يحدث"

"Und ich würde deine Eier sowieso nicht wollen"

"وأنا لا أريد بيضك على أي حال"

"Ich mag meine Eier nicht roh"

"أنا لا أحب بيضتي نيئة"

»Nun, dann fort!« sagte die Taube in mürrischem Tone

"حسنا ، ابتعد إذن "إقال الحمام بنبرة عاهبة

und die Taube ließ sich wieder in ihrem Nest nieder

واستقر الحمام مرة أخرى في عشه

Alice kauerte sich zwischen die Bäume, so gut sie konnte

جثمت أليس بين الأشجار قدر استطاعتها

Ihr Hals verfing sich immer wieder zwischen den Ästen

ظلت رقبتها تتشابك بين الأغصان

Hin und wieder musste sie anhalten und ihren Hals aufdrehen

بين الحين والآخر كان عليها أن تتوقف وفك رقبتها

Nach einer Weile erinnerte sie sich an den Pilz

بعد فترة تذكرت الفطر

Sie hielt die Pilzstücke noch immer in ihren Händen

كانت لا تزال تحمل قطع الفطر في يديها

Und sie machte sich sehr vorsichtig an die Arbeit

وشرعت في العمل بعناية فائقة

Zuerst knabberte sie an einem Stück

أولا قضمت قطعة واحدة

Und dann knabberte sie an dem anderen Stück

ثم قضمت القطعة الأخرى

Manchmal wurde sie größer

في بعض الأحيان كانت تنمو أطول

und manchmal wurde sie kleiner

وأحيانا أصبحت أقصر

Aber schließlich erreichte sie ihre übliche Größe

لكنها أخيرا حققت طولها المعتاد

Sie war schon seit einiger Zeit nicht mehr so groß wie sie selbst

لم تكن طولها لبعض الوقت

So fühlte sich alles eine Zeit lang seltsam an

لذلك شعرت بغرابة كل شيء لفترة من الوقت

"Das nächste, was zu tun ist, ist, in diesen schönen Garten zu gehen"

"الشيء التالي الذي يجب فعله هو الدخول إلى تلك الحديقة الجميلة"

»wie soll man das machen?«

"كيف يتم ذلك ، أتساءل؟"

Während sie dies sagte, stieß sie auf einen offenen Platz

عندما قالت هذا ، جاءت إلى مكان مفتوح

Da war ein kleines Haus, etwas höher als einen Meter

كان هناك منزل صغير ، أعلى قليلا من متر

"Ich frage mich, wer in diesem kleinen Haus wohnt"

"أتساءل من يعيش في هذا المنزل الصغير"

"So groß wie ich bin, kann ich sicher nicht reingehen"

"بالتأكيد لا يمكنني الدخول بحجم أنا"

"Ich würde sie fürchterlich erschrecken!"

"سأخيفهم بشكل رهيب"!

Also knabberte sie wieder an dem kleinen Pilz

لذلك قضمت الفطر الصغير مرة أخرى

Und bald brachte sie sich dreißig Zentimeter tief

وسرعان ما انخفضت نفسها ثلاثين سنتيمترا

Ein Schwein und etwas Pfeffer

خنزير وبعض الفلفل

Ein oder zwei Minuten lang stand sie da und betrachtete das Haus

وقفت لمدة دقيقة أو دقيقتين تنظر إلى المنزل

Plötzlich kam ein Lakai aus dem Walde gerannt

فجأة خرج رجل من الغابة

Er trug eine spezielle Livree-Uniform

كان يرتدي زيا خاصا

Seinem Gesicht nach zu urteilen, hätte sie ihn einen Fisch genannt

إذا حكمنا من خلال وجهه فقط ، كانت ستطلق عليه سمكة

und er klopfte laut mit den Fingerknöcheln an die Tür

وضرب بصوت عال عند الباب بمفاصل أصابعه

Die Tür wurde von einem anderen Lakaien geöffnet

فتح الباب من قبل رجل آخر

Auch dieser Lakai trug eine besondere Livree

كان هذا الرجل يرتدي كسوة خاصة أيضا

Dieser Lakai hatte ein rundes Gesicht und große Augen wie ein Frosch

كان لهذا الرجل وجه مستدير وعينان كبيرتان مثل الضفدع

Der Lakai, der wie ein Fisch aussah, leitete die Zeremonie
ein

بدأ الرجل الذي بدا وكأنه سمكة الحفل

Er zog etwas unter seinem Arm hervor

أخرج شيئا من تحت ذراعه

Und er zog unter seinem Arm einen Umschlag hervor

وأخرج من تحت ذراعه مظروفا

und diesen Umschlag übergab er dem andern Lakaien

وهذا الظرف سلمه إلى المشاة الآخر

In zeremoniellem Tone teilte er ihm die Befehle mit

بنبرة احتفالية أخبره بالأوامر

"Diese Botschaft ist für die Herzogin"

"هذه الرسالة للدوقة"

"Eine Einladung der Königin zum Krocketspielen"

"دعوة من الملكة للعب الكروكيه"

Der Lakai, der wie ein Frosch aussah, wiederholte den
Befehl

كرر الرجل الذي بدا وكأنه ضفدع الأمر

"Von der Königin"

"من الملكة"

"Eine Einladung"

"دعوة"

"für die Herzogin"

"من أجل الدوقة"

"Krocket spielen"

"لعب الكروكيه"

Dann verbeugten sie sich beide tief

ثم انحنى كلاهما

und die Locken in ihren Perücken verwickelten sich
ineinander

وتشابكت الضفائر في الشعر المستعار معا

Bald war der Lakai, der wie ein Fisch aussah, verschwunden

سرعان ما اختفى الرجل الذي بدا وكأنه سمكة

Aber der Lakai, der wie ein Frosch aussah, war immer noch
da

لكن الرجل الذي بدا وكأنه ضفدع كان لا يزال هناك

Er saß auf dem Boden in der Nähe der Tür

كان جالسا على الأرض بالقرب من الباب

Er starrte dumm in den Himmel

كان يحدق بغباء في السماء

Alice ging schüchtern zur Tür und klopfte

صعدت أليس بخجل إلى الباب وطرقت

»Es hat keinen Zweck, anzuklopfen,« sagte der Lakai

"لا فائدة من الطرق "، قال الرجل

"Und das aus zwei Gründen"

"وذلك لسببين"

"Erstens, weil ich auf der gleichen Seite der Tür stehe wie du"

"أولا ، لأنني على نفس الجانب من الباب مثلك"

"Zweitens, weil sie drinnen so viel Lärm machen"

"ثانيا ، لأنهم يحدثون الكثير من الضوضاء في الداخل"

"Niemand könnte dich hören"

"لا أحد يمكن أن يسمعك"

Und es war gewiß ein höchst merkwürdiger Lärm im Innern

وبالتأكيد كان هناك ضجيج غير عادي يحدث في الداخل

ein ständiges Heulen und Niesen

عواء وعطس مستمر

und ab und zu ein Geräusch von großem Krachen

وبين الحين والآخر صوت تحطم كبير

als ob eine Schüssel oder ein Wasserkocher in Stücke zerbrochen wäre

كما لو أن طبقا أو غلاية قد تم تكسيرها إلى أشلاء

"Wie soll ich da reinkommen?" fragte Alice

"كيف يمكنني الدخول؟" سألت أليس

»Wollen Sie überhaupt hineinkommen?« fragte der Lakai

"هل يجب أن تدخل على الإطلاق؟" قال الرجل

"Das ist die erste Frage, weißt du"

"هذا هو السؤال الأول ، كما تعلم"

Alice öffnete die Tür und trat ein

فتحت أليس الباب ودخلت

Die Tür führte direkt in eine große Küche

أدى الباب مباشرة إلى مطبخ كبير

Die Küche war von einem Ende bis zum anderen voller Rauch

كان المطبخ مليئًا بالدخان من طرف إلى آخر

in der Mitte der Küche saß die Herzogin

في منتصف المطبخ كانت الدوقة

Sie saß auf einem dreibeinigen Hocker

كانت جالسة على كرسي ثلاثي الأرجل

und sie stillte ein Baby

وكانت ترضع طفلا

Die Köchin beugte sich über das Feuer

كان الطباخ يتكئ فوق النار

Er rührte einen großen Kessel

كان يحرك ممثل كبير

und der Kessel schien mit Suppe gefüllt zu sein

وبدا أن المكالدرون مليء بالحساء

"Da ist sicher zu viel Pfeffer drin!" sagte Alice zu sich selbst

"بالتأكيد هناك الكثير من الفلفل في هذا الحساء "قالت أليس لنفسها

Sie sagte es, so gut sie konnte, ohne zu niesen

قالت ذلك بأفضل ما تستطيع دون أن تعطس

Sogar die Herzogin nieste gelegentlich

حتى الدوقة عطست من حين لآخر

Aber die Handlungen des Babys waren am bemerkenswertesten

لكن تصرفات الطفل كانت الأكثر جدارة بالملاحظة

Das Baby nieste und heulte abwechselnd

كان الطفل يعطس ويعوي بالتناوب

Es gab keinen Augenblick Pause zwischen Heulen und Niesen

لم يكن هناك توقف للحظة بين العواء والعطس

Es gab zwei Kreaturen in der Küche, die nicht niesten

كان هناك مخلوقان في المطبخ لم يعطسا

Die Köchin war zu beschäftigt, um zu niesen

كان الطباخ مشغولا جدا بحيث لا يستطيع العطس

Und die große Katze schien sich nicht an dem Pfeffer zu stören

ولا يبدو أن القطة الكبيرة تمانع في الفلفل

Stattdessen grinste die große Katze von einem Ohr zum anderen

بدلا من ذلك ، كانت القطة الكبيرة تبتسم من الأذن إلى الأذن

»Bitte, würdest du es mir sagen,« sagte Alice ein wenig
schüchtern

"من فضلك هل تخبرني "، قالت أليس بخجل قليلا

"Warum grinst deine Katze so?"

"لماذا تبتسم قطتك هكذا؟"

»Es ist eine Cheshire-Katze,« sagte die Herzogin

"قالت الدوقة" :إنها قطة شيشاير"

"Und deshalb grinst er von Ohr zu Ohr"

"ولهذا السبب يبتسم من الأذن إلى الأذن"

"Ich wusste nicht, dass eine Cheshire-Katze immer grinst"

"لم أكن أعرف أن قطة شيشاير كانت دائما تبتسم"

"Eigentlich wusste ich nicht, dass Katzen grinsen können",
sagte Alice

"قالت أليس :في الواقع ، لم أكن أعرف أن القطط يمكن أن تبتسم"

»Es gibt vieles, was Sie nicht wissen,« sagte die Herzogin

"قالت الدوقة :هناك الكثير الذي لا تعرفه"

"Es gibt vieles, was man nicht weiß, und das ist eine
Tatsache"

"هناك الكثير الذي لا تعرفه وهذه حقيقة"

In diesem Augenblick nahm die Köchin den Kessel mit der
Suppe vom Feuer

عندها فقط أزال الطباخ كالدرون الحساء من النار

Und sogleich fing sie an, alles in ihre Reichweite zu werfen

وعلى الفور بدأت في رمي كل شيء في متناول يدها

sie warf alles, was sie konnte, auf die Herzogin und das
Baby

ألقت كل ما في وسعها على الدوقة والطفل

Zuerst warf sie die Feuereisen

أولا ألقت النار

Dann warf sie eine Handvoll Töpfe

ثم ألقت حفنة من القدور

und schließlich warf sie die Teller und Schüsseln

وأخيرا ألقت الأطباق والأطباق

Die Herzogin nahm keine Notiz von ihr

لم تلاحظها الدوقة

Selbst als sie von einem Teller getroffen wurde, machte sie
sich keine Sorgen

حتى عندما أصيبت بلوحة لم تقلق

Das Baby heulte schon so viel

كان الطفل يعوي كثيرا بالفعل

Es war also unmöglich zu sagen, ob die Schläge das Baby verletzt haben oder nicht

لذلك كان من المستحيل تحديد ما إذا كانت الضربات تؤذي الطفل أم لا

"Oh, gib bitte acht, was du tust!" rief Alice

"أوه ، من فضلك اهتم بما تفعله "إصرخت أليس

und sie sprang in Todesangst des Entsetzens auf und ab

وقفزت صعودا وهبوطا في عذاب من الرعب

die Herzogin bot Alice das Baby an

عرضت الدوقة على أليس الطفل

»Hier! Du kannst das Kind ein wenig stillen, wenn du willst!«

"هنا إيمكنك إرضاع الطفل قليلا ، إذا أردت!

Und sie schleuderte das Kind nach ihr, während sie sprach

وألقت الطفل عليها وهي تتحدث

"Ich muss gehen und mich darauf vorbereiten, mit der Königin Krocket zu spielen"

"يجب أن أذهب وأستعد للعب الكروكيه مع الملكة"

und sie eilte aus dem Zimmer

وخرجت من الغرفة

Alice fing das Baby mit einiger Mühe auf

أمسكت أليس بالطفل ببعض الصعوبة

weil es ein sehr seltsam geformtes kleines Wesen war

لأنه كان مخلوقا صغيرا غريبا جدا

Und das Kind streckte seine Arme und Beine nach allen Richtungen aus

ورفع الطفل ذراعيه وساقيه في جميع الاتجاهات

"Das Kind nehme ich lieber mit!" dachte Alice

"من الأفضل أن آخذ هذا الطفل معي "، فكرت أليس

"Sie werden dieses Baby sicher in ein oder zwei Tagen töten"

"من المؤكد أنهم سيقتلون هذا الطفل في يوم أو يومين"

"Wäre es nicht Mord, dieses Baby zurückzulassen?"

"ألن يكون من القتل ترك هذا الطفل وراءه؟"

Sie sprach die letzten Worte laut aus

قالت الكلمات الأخيرة بصوت عال

Und das kleine Ding grunzte als Antwort

وشخر الشيء الصغير ردا على ذلك

"Du verwandelst dich am besten nicht in ein Schwein,
meine Liebe!" sagte Alice

قالت أليس" من الأفضل ألا تتحول إلى خنزير يا عزيزتي"

"sonst habe ich nichts mehr mit dir zu tun"

"وإلا فلن يكون لدي أي علاقة بك أخرى"

Alice fing eben an, bei sich selbst zu denken:

كانت أليس قد بدأت للتو في التفكير في نفسها:

»Nun, was soll ich mit diesem Geschöpf anfangen, wenn ich
es nach Hause bringe?«

"الآن ، ماذا أفعل بهذا المخلوق ، عندما أعود إليه إلى المنزل؟"

Aber dann grunzte das kleine Geschöpf ein wenig heftig

ولكن بعد ذلك شخر المخلوق الصغير بعنف قليلا

und Alice sah ihm erschrocken ins Gesicht

ونظرت أليس إلى وجهها في بعض الذعر

Diesmal konnte es keinen Irrtum geben

هذه المرة لا يمكن أن يكون هناك خطأ في ذلك

Es war nicht mehr und nicht weniger als ein Schwein

لم يكن أكثر ولا أقل من خنزير

Da setzte sie das kleine Geschöpf ab

لذلك وضعت المخلوق الصغير

und das kleine Geschöpf trabte leise in den Wald hinein

ويهرول المخلوق الصغير بهدوء في الغابة

Alice war ziemlich erleichtert, als sie die Kreatur
verschwinden sah

شعرت أليس بالارتياح الشديد لرؤية المخلوق يذهب

Alice erschrak ein wenig, als sie die Cheshire-Katze sah

Cheshire-Catشعرت أليس بالذهول قليلا برؤية

Er saß auf einem Ast eines Baumes, ein paar Meter entfernt

كانت جالسة على غصن شجرة على بعد أمتار قليلة

Die Katze grinste nur, als sie sie sah

ابتسمت القطة ابتسامة عريضة فقط عندما رأتها

»Cheshire-Katze,« begann Alice etwas schüchtern

"قطة شيشاير "، بدأت أليس بخجل إلى حد ما

»Würden Sie mir bitte sagen, welchen Weg ich von hier aus

einschlagen soll?«

"هل تخبرني من فضلك في أي اتجاه يجب أن أذهب من هنا؟"

"In diese Richtung", sagte die Katze

"في هذا الاتجاه: "قالت القطة

Und er fuchtelte mit der rechten Pfote herum

ولوح بالمخلب الأيمن حوله

"In dieser Richtung lebt ein Hutmacher"

"في هذا الاتجاه يعيش صانع القّبعات"

Und dann winkte die Katze mit der anderen Pfote

ثم لوحت القطة بمخلبها الآخر

"Und in dieser Richtung wohnt ein Märzhase"

"وفي هذا الاتجاه يعيش أرنب مسيرة"

»Besuchen Sie, wen Sie wollen; Sie sind beide verrückt"

"قم بزيارة أيا كانت تريد. كلاهما مجنون"

»Aber ich will nicht unter Verrückte gehen«, bemerkte Alice

"لكنني لا أريد أن أذهب بين المجانين "، قالت أليس

"Ach, dafür kannst du nicht helfen!" sagte die Katze

"أوه ، لا يمكنك المساعدة في ذلك "، قالت القطة

"Wir sind alle verrückt hier"

"نحن جميعا غاضبون هنا"

"Spielst du heute Krocket mit der Queen?"

"هل تلعب الكروكيه مع الملكة اليوم؟"

"Das würde ich sehr gerne!" sagte Alice

"أود ذلك كثيرا "قالت أليس

"aber ich bin noch nicht eingeladen worden"

"لكنني لم تتم دعوتي بعد"

"Du wirst mich dort sehen!" sagte die Katze

"ستراني هناك": قالت القطة

Und von einem Augenblick auf den anderen verschwand
die Katze

ومن لحظة إلى أخرى اختفت القطة

bald kam Alice in Sichtweite des Hauses des Märzhasen

سرعان ما ظهرت أليس على مرأى من منزل أرنب المسيرة

Das war ein sehr großes Haus

كان هذا منزلا كبيرا جدا

Alice wollte also nicht in die Nähe des Hauses gehen

لذلك لم ترغب أليس في الاقتراب من المنزل

Zuerst musste sie noch etwas von dem linken Stück Pilz
knabbern

في البداية كان عليها أن تقضم المزيد من الجزء الأيسر من الفطر

Eine verrückte Teeparty
حفلة شاي مجنونة

Vor dem Haus stand ein Baum

أمام المنزل كانت هناك شجرة

Und unter dem Baum stand ein Tisch

وتحت الشجرة كانت هناك طاولة

und der Tisch war mit allerlei Besteck gedeckt

وتم إعداد الطاولة بجميع أنواع أدوات المائدة

Der Märzhase und der Hutmacher saßen bei Tisch

كان أرنب المسيرة وصانع القبعات على الطاولة

und zusammen tranken sie Tee

وكانوا يتناولون الشاي معا

Ein Siebenschläfer saß zwischen ihnen

كان الزغب يجلس بينهما

und der Siebenschläfer schlief fest

وكان الزغب نائما سريعا

Der Tisch war von außergewöhnlicher Größe

كان الجدول بحجم غير عادي

Aber der größte Teil des Tisches war unbesetzt

لكن معظم الطاولة كانت غير مأهولة

Sie saßen dicht gedrängt an einer Ecke des Tisches

جلسوا مزدحمين معا في أحد أركان الطاولة

und doch entschuldigten sie sich, als sie Alice sahen

ومع ذلك فقد اختلقوا الأعذار عندما رأوا أليس

»Kein Platz! Kein Platz!« schrien sie

"لا مكان إلا مكان "إصرخوا

»Es ist viel Platz!« sagte Alice entrüstet

"هناك متسع كبير "إقالت أليس بسخط

An einem Ende des Tisches stand ein großer Sessel

في أحد طرفي الطاولة كان هناك كرسي كبير بذراعين

und Alice setzte sich in den Sessel

وجلست أليس على الكرسي بذراعين

Der Hutmacher riss die Augen weit auf

فتح صانع القبعات عينيه على مصراعيه

Er konnte nicht glauben, was er da sah

لم يستطع تصديق ما كان يراه

aber sein Geist war neugierig auf andere Dinge

لكن عقله كان فضوليا بشأن أشياء أخرى

»Warum ist ein Rabe wie ein Schreibtisch?«

"لماذا الغراب مثل مكتب الكتابة؟"

Alice war offen für die Herausforderung

كانت أليس منفتحة على التحدي

"Ich bin froh, dass sie angefangen haben, Rätsel zu stellen"

"أنا سعيد لأنهم بدأوا في طرح الألغاز"

»Ich glaube, das kann ich erraten«, fügte sie laut hinzu

"أعتقد أنني أستطيع تخمين ذلك": وأضافت بصوت عال"

Der Märzhase wurde neugierig auf Alice

أصبح أرنب المسيرة فضوليا بشأن أليس

"Glaubst du wirklich, dass du die Antwort finden kannst?"

"هل تعتقد حقا أنه يمكنك العثور على الإجابة؟"

»Ich glaube, ich kann die Antwort finden,« sagte Alice

"أعتقد أنني أستطيع العثور على الإجابة بالفعل": قالت أليس"

»Dann sollst du sagen, was du meinst,« fuhr der Märzhase
fort

"إذن يجب أن تقول ما تعنيه "، استمر أرنب المسيرة

»Ich sage, was ich meine,« erwiderte Alice hastig

"أنا أقول ما أعنيه "، أجابت أليس على عجل

"Zumindest meine ich ernst, was ich sage"

"على الأقل أعني ما أقوله"

"Das ist dasselbe, weißt du"

"هذا نفس الشيء ، كما تعلم"

Auch der Siebenschläfer trug zu dem Gespräch bei

ساهم الزغب أيضا في المحادثة

Aber der Siebenschläfer schien im Schlaf zu sprechen

لكن بدا أن الزغب يتحدث أثناء نومه

"Ich atme, wenn ich schlafe"

"أتنفس عندما أنام"

"Ich schlafe, wenn ich atme!"

"أنام عندما أتنفس"!

"Man könnte genauso gut sagen, dass sie auch gleich sind"

"يمكنك أيضا القول إنهما متماثلان أيضا"

"So ist es auch bei dir!" sagte der Hutmacher

"إنه نفس الشيء معك "، قال صانع القبعات

und er goß ein wenig Tee über die Nase des Siebenschläfers

وسكب القليل من الشاي على أنف الdormouse

Das Murmelthier schüttelte ungeduldig den Kopf

هز الزغب رأسه بفارغ الصبر

Und wieder sprach das Murmelmaus, ohne die Augen zu öffnen

ومرة أخرى تحدث الزغب ، دون أن يفتح عينيه

"Natürlich, natürlich ist es dasselbe"

"بالطبع ، بالطبع هو نفسه"

"Das wollte ich ja auch sagen"

"هذا بالضبط ما كنت سأقوله"

Der Hutmacher wandte sich an Alice und stellte eine weitere Frage

التفت صانع القبعات إلى أليس وطرح سؤالا آخر

"Hast du das Rätsel schon erraten?"

"هل خمنت اللغز بعد؟"

"Nein, ich gebe auf", gab Alice zu

"لا ، أنا أستسلم "، اعترفت أليس

"Was ist die Antwort?", wollte sie wissen

"ما هو الجواب؟ "أرادت أن تعرف

»Ich habe nicht die geringste Ahnung,« sagte der Hutmacher

قال صانع القبعة" :ليس لدي أدنى فكرة"

"Ich weiß es auch nicht!" sagte der Märzhase

"ولا أعرف "، قال أرنب المسيرة

Alice stieß einen müden Seufzer aus

تنهدت أليس بالتعب

"Es gibt eine bessere Nutzung der Zeit als Rätsel ohne Antworten"

"هناك استخدامات أفضل للوقت من الألغاز بدون إجابات"

»Trinken Sie noch etwas Tee,« sagte der Märzhase sehr ernst zu Alice

"تناول المزيد من الشاي "، قال أرنب المسيرة لأليس بجدية شديدة

Alice war ziemlich beleidigt über das Angebot

شعرت أليس بالإهانة من العرض

»Ich habe noch keinen Tee getrunken,« erwiderte Alice

أجابت أليس" :لم أتناول الشاي بعد"

"Deshalb kann ich keinen Tee mehr trinken"

"لذلك لا يمكنني تناول المزيد من الشاي"

»Du meinst, weniger Tee kannst du nicht haben«, sagte der Hutmacher

قال صانع القبعة" :أنت تقصد أنه لا يمكنك تناول كمية أقل من الشاي"

"Es ist sehr einfach, mehr als nichts zu nehmen"

"من السهل جدا أن تأخذ أكثر من لا شيء"

Bei diesen Worten erhob sich Alice und ging fort

عند هذا ، نهضت أليس وخرجت

Der Siebenschläfer schlief augenblicklich ein

نام الزغب على الفور

und keiner der andern nahm die geringste Notiz davon, daß

sie ging

ولم ينتبه أي من الآخرين بذهابها

obwohl sie ein- oder zweimal zurückblickte

على الرغم من أنها نظرت إلى الوراء مرة أو مرتين

Sie versuchten, den Siebenschläfer in die Teekanne zu stecken

كانوا يحاولون وضع الزغب في إبريق الشاي

"Jedenfalls werde ich nie wieder dorthin gehen!" sagte Alice

"على أي حال ، لن أذهب إلى هناك مرة أخرى "إقالت أليس

Und sie ging ihren Weg durch den Wald

وسارت في طريقها عبر الغابة

"Das war die dümmste Teeparty, auf der ich je war"

"كان هذا أغبى حفلة شاي زرتها على الإطلاق"

Gerade als sie das sagte, bemerkte sie etwas

تماما كما قالت هذا ، لاحظت شيئا ما

Einer der Bäume hatte eine Tür, die direkt hineinführte

كان لإحدى الأشجار باب يؤدي إليها مباشرة

»Das ist sehr interessant!« dachte sie

"هذا مثير جدا للاهتمام "إفكرت

"Ich denke, ich kann genauso gut durch die Tür gehen"

"أعتقد أنني قد أذهب أيضا من الباب"

Und durch die Tür ging sie

وذهبت عبر الباب

Wieder befand sie sich in der langen Halle

مرة أخرى وجدت نفسها في القاعة الطويلة

Wieder stand sie dicht an dem kleinen Glastisch

مرة أخرى كانت قريبة من الطاولة الزجاجية الصغيرة

Sie nahm den kleinen goldenen Schlüssel

أخذت المفتاح الذهبي الصغير

und sie schloß die Tür auf, die in den Garten führte

وفتحت الباب المؤدي إلى الحديقة

Dann machte sie sich daran, an dem Pilz zu knabbern

ثم شرعت في العمل على قضم الفطر

Sie hatte ein Stück des Pilzes in ihrer Tasche aufbewahrt

كانت قد احتفظت بقطعة من الفطر في جيبها

Und schließlich war sie etwa einen Meter groß

وأخيرا كان طولها حوالي متر

dann ging sie den kleinen Korridor hinunter

ثم سارت في الممر الصغير

Und dann fand sie sich endlich in dem schönen Garten
wieder

ثم وجدت نفسها أخيرا في الحديقة الجميلة

Und sie war zwischen den hellen Blumen und den kühlen
Springbrunnen

وكانت بين الزهرة الزاهية والنوافير الباردة

Der Krocketplatz der Königinnen

أرض الكروكيه للملكة

Ein großer Rosenstrauch stand in der Nähe des Eingangs des Gartens

وقفت شجرة ورد كبيرة بالقرب من مدخل الحديقة

Die Rosen, die an dem Baum wuchsen, waren weiß

كانت الورود التي تنمو على الشجرة بيضاء

aber es waren drei Gärtner, die die Rose bemalten

ولكن كان هناك ثلاثة بستانيين يرسمون الوردة

Sie waren damit beschäftigt, die Rosen rot zu färben

كانوا مشغولين بطلاء الورود باللون الأحمر

und Alice sah zu, wie sie die Rosen rot färbten

وكانت أليس تشاهدهم يرسمون الورود باللون الأحمر

und plötzlich fielen ihre Augen zufällig auf Alice

وفجأة صادفت عيونهم أن تسقط على أليس

Alice sprach ein wenig schüchtern

تحدثت أليس بخجل قليلا

»Würden Sie es mir bitte sagen?«

"هل تخبرني من فضلك ؛"

"Warum malt ihr alle diese Rosen?"

"لماذا ترسم تلك الورود؟"

Fünf und Sieben sagten nichts, sondern sahen zwei an

خمسة وسبعة لم يقولوا شيئا ، لكنهم نظروا إلى اثنين

zwei Sprecher, mit leiser Stimme

تحدث اثنان بصوت منخفض

»Nun, die Sache ist die, sehen Sie, gnädige Frau.«

"لماذا ، الحقيقة هي ، كما ترى ، سيدتي"

"Das hier hätte ein roter Rosenstrauch sein sollen"

"كان يجب أن تكون هذه هنا شجرة وردة حمراء"

"Und wir haben aus Versehen einen weißen Rosenstrauch hineingesetzt"

"ووضعنا شجرة وردة بيضاء عن طريق الخطأ"

"Wie Sie mir zustimmen würden, darf die Königin es nicht herausfinden"

"كما توافق ، يجب على الملكة ألا تكتشف ذلك"

"Sonst würden wir uns allen die Köpfe abschneiden"

"وإلا لكنا جميعا نقطع رؤوسنا"

"Sie sehen also, gnädige Frau, wir tun unser Bestes"

"لذا ترون ، سيدتي ، نحن نبذل قصارى جهدنا"

Karte fünf hatte ängstlich über den Garten geschaut

كانت البطاقة الخامسة تنظر بقلق عبر الحديقة

In diesem Augenblick rief die fünfte Karte: "Die Königin!
Die Königin!"

في هذه اللحظة صرخت البطاقة الخامسة ،" الملكة !الملكة"!

und die drei Gärtner eilten augenblicklich davon

واندفع البستانيون الثلاثة على الفور بعيدا

und sie warfen sich flach auf ihre Gesichter

وألقوا بأنفسهم على وجوههم

Man hörte das Geräusch vieler Schritte

كان هناك صوت خطى كثيرة

Alice sah sich um, begierig darauf, die Königin zu sehen

نظرت أليس حولها ، حريصة على رؤية الملكة

Am Anfang des Zuges standen zehn Soldaten

في بداية الموكب كان هناك عشرة جنود

Ihre Hände und Füße waren in den Ecken

كانت أيديهم وأقدامهم في الزوايا

und in ihren Händen und Füßen waren Keulen

وفي أيديهم وأقدامهم الهراوات

Als nächstes kamen die zehn Höflinge

بعد ذلك جاء رجال الحاشية العشرة

die Höflinge waren über und über mit Diamanten
geschmückt

كان رجال الحاشية مزينين بالماس

Nach den Höflingen kamen die königlichen Kinder

بعد رجال الحاشية جاء الأطفال الملكيون

Es waren zehn der königlichen Kinder

كان هناك عشرة من الأطفال الملكيين

und alle königlichen Kinder waren mit Herzen geschmückt

وجميع الأبناء الملكيين مزينون بقلوب

Dann kamen die Gäste; Meist Könige und Königinnen

بعد ذلك جاء الضيوف .معظمهم من الملوك والملكات

und unter den Königen und Königinnen sah Alice jemanden

ومن بين الملوك والملكة رأت أليس شخصا ما

Sie sah wieder das weiße Kaninchen, das sie gejagt hatte

رأت مرة أخرى الأرنب الأبيض الذي طاردته

Der Prozession folgte der Spitzbube der Herzen

تبع الموكب بسكين القلوب

Er trug die Krone des Königs

كان يحمل تاج الملك

und die Krone des Königs lag auf einem purpurnen Samtkissen

وكان تاج الملك على وسادة مخملية قرمزية

Und dann kam das Ende dieser großen Prozession

ثم جاءت نهاية هذا الموكب الكبير

Und da waren am Ende der König und die Königin der Herzen

وهناك في النهاية كان ملك وملكة القلوب

der Zug kam Alice gegenüber

جاء الموكب مقابل أليس

Und alle blieben stehen und sahen sie an

وتوقفوا جميعا ونظروا إليها

Und die Königin sprach streng: "Wer ist das?"

فقالت الملكة بشدة ،" من هذا!؟"

Sie sagte es zum Herzknaben

قالت ذلك لـ Knave of Hearts

aber er verbeugte sich nur und lächelte als Antwort

لكنه انحنى وابتسم ردا على ذلك

Alice sprach sehr höflich

تحدثت أليس بأدب شديد

"Mein Name ist Alice, also bitte, Eure Majestät"

"اسمي أليس ، لذا أرجو جلالتك"

Aber sie hatte andere Gedanken für sich

لكن كانت لديها أفكار أخرى لنفسها

"Es ist doch nur ein Kartenspiel!"

"إنها مجرد حزمة من البطاقات ، بعد كل شيء"!

»Kannst du Krocket spielen?« rief die Königin

"هل يمكنك لعب الكروكيه؟" "صرخت الملكة

Die Frage war offenbar an Alice gerichtet

من الواضح أن السؤال كان مخصصا لأليس

"Ja!" sagte Alice laut

"نعم "إقالت أليس بصوت عال

"Komm also spielen!" brüllte die Königin

"تعال والعب إذن "إزأرت الملكة

sprach eine schüchterne Stimme zu Alice

تحدث صوت خجول إلى أليس

"Es ist ein sehr schöner Tag!"

"إنه يوم جيد جدا"!

Sie ging an dem weißen Kaninchen vorbei

كانت تمشي بجانب الأرنب الأبيض

und das weiße Kaninchen guckte ihr ängstlich ins Gesicht

وكان الأرنب الأبيض يختلس النظر بقلق في وجهها

»ein sehr schöner Tag,« bestätigte Alice

"يوم جيد جدا حقا "، أكدت أليس

»Wo ist die Herzogin?«

"أين الدوقة؟"

»Still! Still!" sagte das Kaninchen

"صمت إصمت "إقال الأرنب

"Sie ist zum Tode verurteilt"

"إنها محكوم عليها بالإعدام"

»Wofür wird sie hingerichtet?« fragte Alice

"لماذا يتم إعدامها؟ "سألت أليس

"Sie hat der Königin die Ohren abgewetzt", begann das
Kaninchen

"لقد جرجرت أذني الملكة "، بدأ الأرنب

schrie die Königin mit Donnerstimme

صرخت الملكة بصوت الرعد

"Ran an eure Plätze!"

"اذهب إلى أماكنك"!

Und die Leute rannten in alle Richtungen herum

وبدأ الناس يركضون في كل الاتجاهات

Und sie fielen alle aneinander

وسقطوا جميعا ضد بعضهم البعض

Sie hatten sich jedoch in ein oder zwei Minuten beruhigt

ومع ذلك ، استقروا في دقيقة أو دقيقتين

Und dann begann das Spiel

ثم بدأت اللعبة

Alice hatte noch nie einen so merkwürdigen Krocketplatz
gesehen

لم تر أليس مثل هذه الأرض الغريبة من قبل

Das Gras bestand nur aus Graten und Furchen

كان العشب كلها تلال وأخاديد

Die Krocketbälle waren echte Igel

كانت كرات الكروكيه قنافذ حقيقية

und die Schlägel waren echte Flamingos

وكانت المطارق طيور النحام الحقيقية

und die Soldaten standen auf Händen und Füßen

ووقف الجنود على أيديهم وأقدامهم

weil die Bögen aus ihren Körpern gemacht wurden

لأن الأقواس كانت مصنوعة من أجسادهم

Die Spieler spielten alle gleichzeitig

لعب جميع اللاعبين في وقت واحد

Niemand wartete, bis er an der Reihe war

لم ينتظر أحد أدوارهم

und jeder stritt sich mit jedem

وتشاجر الجميع مع الجميع

und alle kämpften für die Igel

وكانوا جميعا يقاتلون من أجل القنافذ

Bald geriet die Königin in eine wütende Leidenschaft

سرعان ما كانت الملكة في شغف غاضب

Und sie fing an, herumzustampfen und zu schreien

وبدأت تختم وتصرخ

»Hacken Sie ihm den Kopf ab!«

"اقطع رأسه"!

"Hack ihr den Kopf ab!"

"اقطع رأسها"!

"Hackt ihnen alle Köpfe ab!"

"اقطع كل رؤوسهم"!

Wieder dachte Alice bei sich.

مرة أخرى فكرت أليس في نفسها

"Sie lieben es schrecklich, hier Menschen zu enthaupten"

"إنهم مغرمون بشكل رهيب بقطع رؤوس الناس هنا"

"Das große Wunder ist, dass überhaupt noch jemand am
Leben ist!"

"العجب الكبير هو أن هناك أي شخص بقي على قيد الحياة"!

Sie sah sich nach einem Ausweg um

كانت تبحث عن طريقة للهروب

Sie bemerkte eine merkwürdige Erscheinung in der Luft

لاحظت مظهرا غريبا في الهواء

»Es ist die Cheshire-Katze,« sagte sie zu sich selbst

قالت لنفسها" :إنها قطة شيشاير"

"Jetzt habe ich jemanden, mit dem ich reden kann"

"الآن سيكون لدي شخص أتحدث إليه"

"Wie geht es dir?" fragte die Katze

"كيف حالك؟ "قالت القطة

»Ich glaube nicht, daß sie ganz und gar fair spielen«, sagte
Alice

قالت أليس" :لا أعتقد أنهم يلعبون بشكل عادل على الإطلاق"

Und sie hatte einen ziemlich klagenden Ton

وكان لديها نبرة شكوى إلى حد ما

"Sie streiten sich alle so fürchterlich"

"كلهم يتشاجرون بشكل مخيف"

"Man hört sich selbst nicht sprechen"

"لا يمكن للمرء أن يسمع نفسه يتكلم"

"Und sie scheinen sich nicht an irgendwelche Regeln zu
halten"

"ولا يبدو أنهم يلعبون بأي قواعد"

die Katze stellte Alice mit leiser Stimme eine Frage

سألت القطة أليس سؤالا بصوت منخفض

"Wie gefällt dir die Königin?"

"كيف تحب الملكة؟"

»Ich mag sie gar nicht,« sagte Alice

قالت أليس" :أنا لا أحبها على الإطلاق"

Alice dachte, sie könnte genauso gut zurückgehen

اعتقدت أليس أنها قد تعود أيضا

Sie wollte sehen, wie das Spiel läuft

أرادت أن ترى كيف تسير اللعبة

Sie machte sich auf die Suche nach ihrem Igel

ذهبت بحثا عن قنفذها

Der Igel war damit beschäftigt, gegen einen anderen Igel zu kämpfen

كان القنفذ مشغولا بمحاربة قنفذ آخر

Das war eine ausgezeichnete Gelegenheit

كانت هذه فرصة ممتازة

Sie konnte einen Igel mit dem anderen krocketen

يمكنها كروكيه قنفذ واحد مع الآخر

Aber ihr Flamingo war auf der anderen Seite des Gartens

لكن طيور النحام كانت على الجانب الآخر من الحديقة

Der Flamingo war ziemlich tollpatschig

كان طيور النحام أخرق إلى حد ما

Ihr Flamingo versuchte, gegen einen Baum zu fliegen

كانت فلامنغو تحاول الطيران إلى شجرة

Sie packte den Flamingo am Bein

أمسكت بطائر النحام من ساقها

Und sie schob sich den Flamingo unter den Arm

ووضعت طيور النحام بعيدا تحت ذراعها

So konnte der Flamingo nicht mehr entkommen

بهذه الطريقة لم يستطع فلامنغو الهروب مرة أخرى

In diesem Augenblick traf Alice zufällig die Herzogin

عندها فقط التقت أليس بالدوقة

Die Herzogin war nun aus dem Gefängnis entlassen worden

كانت الدوقة الآن خارج السجن

Sie schob ihren Arm liebevoll unter Alices Arm

وضعت ذراعها بمودة تحت ذراع أليس

Und dann gingen sie zusammen fort

ثم انطلقوا معا

Alice war sehr froh, sie in so angenehmer Laune zu finden

كانت أليس سعيدة جدا بالعثور عليها في مثل هذا المزاج اللطيف

Sie erschrak jedoch ein wenig

ومع ذلك ، كانت مندهشة بعض الشيء

Sie hörte die Stimme der Herzogin dicht an ihrem Ohr

سمعت صوت الدوقة بالقرب من أذنها

"Du denkst über etwas nach, meine Liebe"

"أنت تفكر في شيء ما يا عزيزي"

"Und das lässt dich das Reden vergessen"

"وهذا يجعلك تنسى التحدث"

»Das Spiel geht jetzt etwas besser«, sagte Alice

قالت أليس" :اللعبة تسير بشكل أفضل الآن"

Es war eine Möglichkeit, das Gespräch am Laufen zu halten

كانت إحدى الطرق للحفاظ على استمرار المحادثة

»So ist es,« sagte die Herzogin

قالت الدوقة" :إنه كذلك بالفعل"

"Und die Moral davon ist folgende."

"والمغزى من ذلك هو":

"Es ist die Liebe, die alles macht!"

"الحب هو الذي يفعل كل شيء"!

"Liebe ist das, was die Welt bewegt"

"الحب هو ما يجعل العالم يدور"

Alice hatte eine andere Erklärung

كان لدى أليس تفسير آخر

"Das macht jeder, der sich um seine eigenen
Angelegenheiten kümmert!"

"يتم ذلك من قبل الجميع الذين يهتمون بشؤونه الخاصة"!

»Ah, gut! Du könntest Recht haben"

"آه ، حسنا !يمكن أن تكون على حق"

»Es bedeutet alles ziemlich dasselbe,« sagte die Herzogin

قالت الدوقة" :كل هذا يعني نفس الشيء إلى حد كبير"

und sie grub ihr spitzes kleines Kinn in Alices Schulter

وحفرت ذقنها الصغيرة الحادة في كتف أليس

"Und die Moral davon ist folgende"

"والمغزى من ذلك هو هذا"

"Kümmere dich um die Sinne"

"اعتني بالإحساس"

"Und dann erledigen sich die Klänge von selbst"

"وبعد ذلك ستعتني الأصوات بنفسها"

Aber dann fing der Arm der Herzogin an zu zittern

ولكن بعد ذلك بدأت ذراع الدوقة ترتجف

Alice blickte auf und da stand die Königin

نظرت أليس إلى الأعلى ووقفت الملكة

Die Königin hatte die Arme verschränkt

كانت الملكة مطوية ذراعيها

Und sie runzelte die Stirn wie ein Gewitter!

وكانت عبوسة مثل عاصفة رعدية!

»Ich warne dich!« schrie die Königin

"أعطيك تحذيرا عادلا "، صرخت الملكة

Und sie stampfte auf den Boden, während sie sprach

وداست على الأرض وهي تتحدث

"Entweder dein Kopf oder ihr Kopf muss ausgeschaltet sein"

"إما أن يكون رأسك أو رأسها قبالة"

"Treffen Sie Ihre Wahl!"

"خذ اختيارك"!

"Und beeilen Sie sich"

"وكن سريعا في ذلك"

Die Herzogin traf ihre Wahl

اتخذت الدوقة اختيارها

und in einem Augenblick war die Herzogin verschwunden

وفي غضون لحظة ذهبت الدوقة

Da sprach die Königin zu Alice

ثم تحدثت الملكة إلى أليس

"Weiter geht's mit dem Spiel"

"دعنا نواصل اللعبة"

Alice war zu erschrocken, um ein Wort zu sagen

كانت أليس خائفة جدا من أن تقول كلمة واحدة

und langsam folgte sie ihrem Rücken zum Krocketplatz

وتبعتها ببطء إلى أرض الكروكيه

Die ganze Zeit stritt sich die Dame mit den anderen Spielern

طوال الوقت تشاجرت الملكة مع اللاعبين الآخرين

»Hacken Sie ihm den Kopf ab!«

"اقطع رأسه"!

"Hack ihr den Kopf ab!"

"اقطع رأسها"!

"Hackt ihnen alle Köpfe ab!"

"اقطع كل رؤوسهم"!

Bald waren alle Spieler in Gewahrsam

سرعان ما تم احتجاز جميع اللاعبين

nur der König, die Königin und Alice blieben zurück

بقي فقط الملك والملكة وأليس

Da ging die Königin, ganz außer Atem

ثم غادرت الملكة ، وهي تتنفس تماما

und sie ging mit Alice fort

وابتعدت مع أليس

Alice hörte, wie der König leise etwas sagte

سمعت أليس الملك يقول شيئا بهدوء

"Ihr seid alle begnadigt"

"لقد عفوا عنكم جميعا"

aber plötzlich hörte man einen neuen Schrei

لكن فجأة سمعت صرخة أخرى

"Der Prozess beginnt!"

"المحاكمة تبدأ"!

und Alice lief mit den andern

وركضت أليس مع الآخرين

Wer hat die Torten gestohlen?

من سرق الفطائر؟

Der Herzkönig und die Herzkönigin saßen

جلس ملك وملكة القلوب

sie saßen auf ihrem Thron, als Alice ankam

كانوا على عرشهم عندما وصلت أليس

Eine große Menschenmenge war um sie herum versammelt

كان هناك حشد كبير متجمعا حولهم

Es gab allerlei kleine Vögel und Bestien

كان هناك كل أنواع الطيور والوحوش الصغيرة

Und da war das ganze Kartenspiel

وكانت هناك حزمة كاملة من البطاقات

Der Spitzbube stand in Ketten vor ihnen

كان المقبض يقف أمامهم ، مقيدا بالسلاسل

und auf jeder Seite war ein Soldat, der ihn bewachte

وكان هناك جندي على كل جانب لحراسته

in der Nähe des Königs war das weiße Kaninchen

بالقرب من الملك كان الأرنب الأبيض

Er hatte eine Trompete in der einen Hand

كان لديه بوق في يد واحدة

Und in der andern Hand hielt er eine Pergamentrolle

وكان لديه لفافة من المخطوطات في اليد الأخرى

In der Mitte des Platzes stand ein Tisch

في منتصف المحكمة كانت هناك طاولة

Auf dem Tisch stand eine große Schüssel mit Torten

على الطاولة كان هناك طبق كبير من الفطائر

"Ich wünschte, sie würden den Prozess zu Ende bringen",
dachte Alice

"أتمنى أن ينجزوا المحاكمة "، فكرت أليس

"Dann könnten wir etwas von diesen Erfrischungen essen!"

"ثم يمكننا أن نأكل بعض تلك المرطبات"!

Der Richter war übrigens der König

بالمناسبة ، كان القاضي هو الملك

und er trug seine Krone über seiner großen Perücke

وارتدى تاجه فوق شعر مستعار كبير

»Das ist die Loge der Geschworenen!« dachte Alice

"هذا هو صندوق هيئة المحلفين "، فكرت أليس

"Und diese zwölf Geschöpfe, ich nehme an, sie sind die Geschworenen"

"وتلك المخلوقات الاثني عشر ، أفترض أنها المحلفون"

einige waren Tiere, andere waren Vögel

كان بعضها وبعضها طيورا

In diesem Augenblick schrie das weiße Kaninchen auf

عندها فقط صرخ الأرنب الأبيض

"Schweigen im Gericht!"

"الصمت في المحكمة"!

»Herold, lesen Sie die Anklage!« sagte der König

"هيرالد ، اقرأ الاتهام "!إقال الملك

Das weiße Kaninchen blies drei Stöße auf die Trompete

فجر الأرنب الأبيض ثلاث انفجارات على البوق

dann entrollte er die Pergamentrolle

ثم قام بفتح لفيفة المخطوطة

Und er las folgendes:

وقرأ على النحو التالي:

"Die Königin der Herzen, sie hat ein paar Torten gebacken."

"ملكة القلوب ، صنعت بعض الفطائر ،"

"All das tat sie an einem Sommertag"

"كل هذا فعلته في يوم صيفي"

"Der Schurke der Herzen, er hat diese Torten gestohlen"

"سكين القلوب ، سرق تلك الفطائر"

"Und er hat diese Torten weit weg gebracht!"

"وأخذ تلك الفطائر بعيدا"!

»Rufen Sie den ersten Zeugen,« sagte der König

"قال الملك: استدع الشاهد الأول"

und das weiße Kaninchen blies drei Stöße auf die Trompete

وفجر الأرنب الأبيض ثلاث انفجارات على البوق

»Bringt den ersten Zeugen!« rief er

إصرخ" أحضر الشاهد الأول"

Der erste Zeuge war der Hutmacher

كان الشاهد الأول صانع القبعات

Er kam mit einer Teetasse in der einen Hand herein

جاء بفنجان شاي في يد واحدة

Und in der anderen Hand hatte er ein Stück Brot und Butter

وكان لديه قطعة خبز وزبدة في اليد الأخرى

»Du hättest fertig sein sollen,« sagte der König

"قال الملك: كان يجب أن تكون قد انتهيت"

"Wann hast du angefangen?"

"متى بدأت؟"

Der Hutmacher schaute sich den Märzhasen an

نظر صانع القبعات إلى أرنب المسيرة

Der Märzhase war ihm in den Hof gefolgt

تبعه أرنب المسيرة إلى المحكمة

Er war Arm in Arm mit dem Siebenschläfer gegangen

كان يمشي جنبا إلى جنب مع الزغب

»Ich glaube, es war der vierzehnte März«, sagte er

"قال: الرابع عشر من مارس ، أعتقد أنه كان"

»Geben Sie Ihre Aussage,« sagte der König

قال الملك" :قدم شهادتك"

"Und sei nicht nervös, sonst lasse ich dich auf der Stelle hinrichten"

"ولا تكن متوترا ، وإلا سأعدمك على الفور"

Das schien den Zeugen überhaupt nicht zu ermutigen

لا يبدو أن هذا يشجع الشاهد على الإطلاق

Er rutschte immer wieder von einem Fuß auf den anderen

استمر في التحول من قدم إلى أخرى

und er sah die Königin unruhig an

ونظر بقلق إلى الملكة

und in seiner Verwirrung biß er ein großes Stück aus seiner Teetasse

وفي ارتباكه ، عض قطعة كبيرة من فنجان الشاي الخاص به

Eigentlich wollte er von seinem Brot und seiner Butter beißen

حقا كان يقصد أن يعض من خبزه وزبدته

In diesem Augenblick fühlte Alice eine sehr merkwürdige Empfindung

في هذه اللحظة فقط شعرت أليس بإحساس فضولي للغاية

Sie fing an, wieder größer zu werden

كانت قد بدأت تنمو بشكل أكبر مرة أخرى

Der unglückliche Hutmacher ließ seine Teetasse fallen

أسقط صانع القبعات البائس فنجان الشاي الخاص به

und das Brot und die Butter fielen zu Boden

وسقط الخبز والزبدة على الأرض

und er fiel auf die Knie

ونزل على ركبة واحدة

»Ich bin ein armer Mann, Eure Majestät,« begann er

"أنا رجل فقير ، جلالة الملك "، بدأ

»Du bist ein sehr schlechter Redner,« sagte der König

قال الملك" :أنت متحدث فقير جدا"

»Du darfst gehen,« sagte der König

قال الملك" :يمكنك الذهاب"

und der Hutmacher verließ eilig den Hof

وغادر صانع القبعات الملعب على عجل

»Rufen Sie den nächsten Zeugen her!« sagte der König

"استدع الشاهد التالي "إقال الملك

Der nächste Zeuge war die Köchin der Herzogin

كان الشاهد التالي طباخ الدوقة

Sie trug die Pfefferdose in der Hand

حملت صندوق الفلفل في يدها

Und die Leute in der Nähe der Tür fingen auf einmal an zu
niesen

وبدأ الناس بالقرب من الباب في العطس دفعة واحدة

»Geben Sie Ihre Aussage,« sagte der König

قال الملك" :قدم شهادتك"

»Ich will nichts beweisen,« sagte die Köchin

قال الطباخ" :لن أقدم أي دليل"

Der König sah das weiße Kaninchen ängstlich an

نظر الملك بقلق إلى الأرنب الأبيض

Und das weiße Kaninchen sprach mit leiser Stimme

وتحدث الأرنب الأبيض بصوت هادئ

"Eure Majestät müssen diesen Zeugen ins Kreuzverhör
nehmen"

"يجب على جلالتك استجواب هذا الشاهد"

»Nun, wenn ich muß, so muß ich,« sagte der König

قال الملك" :حسنا ، إذا كان لا بد لي ، يجب أن أفعل ذلك"

"Woraus bestehen Torten?"

"مما تصنع الفطائر؟"

»Torten werden meistens aus Pfeffer gemacht«, sagte die
Köchin

قال الطباخ" :الفطائر مصنوعة من الفلفل في الغالب"

Einige Minuten lang war der ganze Hof in Verwirrung

لبضع دقائق كانت المحكمة بأكملها في حالة ارتباك

Schließlich ließen sie sich alle wieder nieder

في النهاية استقروا جميعا مرة أخرى

Aber da war die Köchin schon verschwunden

ولكن بحلول ذلك الوقت كان الطباخ قد اختفى

»Macht nichts!« sagte der König

"لا تهتم "إقال الملك

"Rufen Sie den nächsten Zeugen in den Zeugenstand"

"دعوة الشاهد التالي إلى المنصة"

Alice beobachtete das weiße Kaninchen, wie es an der Liste

herumfummelte

شاهدت أليس الأرنب الأبيض وهو يتعثر في القائمة

Sie können sich vorstellen, wie überrascht sie war, als sie
das hörte, was sie als nächstes hörte

يمكنك أن تتخيل دهشتها مما سمعته بعد ذلك

Mit lauter schriller kleiner Stimme rief er den Namen
»Alice!«

في الجزء العلوي من صوته الصغير الحاد ، أطلق على اسم" أليس"!

Alices Beweise

دليل أليس

»Hier!« rief Alice

"هنا "إصرخت أليس

Sie sprang in großer Eile auf

قفزت على عجل كبير

und sie kippte die Geschworenenloge um

وانقلبت على صندوق هيئة المحلفين

und sie warf alle Geschworenen um

وأطاحت بجميع أعضاء هيئة المحلفين

und sie fielen auf die Köpfe der Menge unten

وسقطوا على رؤوس الحشد أدناه

Alice war in großer Bestürzung

كانت أليس في حالة من الفزع الشديد

»Oh, ich bitte um Verzeihung!« rief sie aus

"أوه ، أطلب العفو "إصرخت

»Der Prozeß kann nicht fortgesetzt werden,« sagte der König

"لا يمكن أن تستمر المحاكمة: "قال الملك

"Die Geschworenen müssen wieder an ihre angestammten
Plätze zurückkehren"

"يجب على أعضاء هيئة المحلفين العودة إلى أماكنهم الصحيحة"

Er wiederholte den Befehl mit großem Nachdruck

كرر الأمر بتركيز كبير

und er sah Alice streng an

ونظر إلى أليس بصرامة

"Was weißt du über diese Ereignisse?" fragte der König
Alice

"ماذا تعرف عن هذه الأحداث؟ "سأل الملك أليس

»Ich weiß nichts von der Sache,« sagte Alice

"لا أعرف شيئا عن هذا الموضوع: "قالت أليس

Dann las der König aus seinem Buch vor

ثم قرأ الملك من كتابه

"Regel zweiundvierzig"

"القاعدة الثانية والأربعون"

"Alle Personen, die mehr als eine Meile hoch sind, sollen
das Gericht verlassen"

"يجب على جميع الأشخاص الذين يزيد ارتفاعهم عن ميل واحد مغادرة

"المحكمة

»Ich bin keine Meile hoch,« sagte Alice

"قالت أليس :أنا لست على ارتفاع ميل واحد"

»Fast zwei Meilen hoch,« sagte die Königin

"قالت الملكة :ما يقرب من ميلين"

»Nun, ich weigere mich zu gehen,« sagte Alice

"قالت أليس :حسنا ، أنا أرفض الذهاب"

Der König erbleichte

أصبح الملك شاحبا

und er schloß hastig sein Notizbuch

وأغلق دفتر ملاحظاته على عجل

»Überlegen Sie sich Ihr Urteil«, sagte er zu den Geschworenen

"قال لهيئة المحلفين :ضع في اعتبارك حكمك"

Er sprach mit leiser, zitternder Stimme

تحدث بصوت منخفض يرتجف

Da sprach das weiße Kaninchen

ثم تحدث الأرنب الأبيض

"Es werden noch mehr Beweise kommen"

"هناك المزيد من الأدلة القادمة حتى الآن"

und er sprang in großer Eile auf

وقفز على عجل كبير

"Dieses Papier wurde gerade abgeholt"

"تم التقاط هذه الورقة للتو"

"Es scheint ein Brief des Gefangenen zu sein"

"يبدو أنها رسالة كتبها السجين"

Er faltete das Papier auseinander, während er sprach

فتح الورقة وهو يتحدث

"Es ist doch kein Brief"

"إنها ليست رسالة ، بعد كل شيء"

"Was es war, war eine Reihe von Versen"

"ما كان عليه مجموعة من الآيات"

»Bitte, Eure Majestät,« sagte der Spitzbube

"من فضلك ، جلالة الملك "، قال السكين

"Ich habe diese Verse nicht geschrieben"

"لم أكتب تلك الآيات"

"und sie können nicht beweisen, dass ich etwas geschrieben habe"

"ولا يمكنهم إثبات أنني كتبت أي شيء"

"Am Ende ist kein Name unterschrieben"

"لا يوجد اسم موقع في النهاية"

Der König sprach mit dem Spitzbuben

تحدث الملك إلى الكناف

"Du musst vorgehabt haben, Unheil anzurichten"

"لا بد أنك قصدت التسبب في بعض الأذى"

"Sonst hättest du wie ein ehrlicher Mann unterschrieben"

"وإلا كنت ستوقع اسمك كرجل نزيه"

Es gab ein allgemeines Händeklatschen

كان هناك تصفيق عام للأيدي

Und der König wandte sich an das weiße Kaninchen

والتفت الملك إلى الأرنب الأبيض

»Lest die Verse!« befahl er.

"اقرأ الآيات "، أمر

Es herrschte Totenstille im Gerichtssaal

ساد صمت ميت في المحكمة

und das weiße Kaninchen las die Verse vor

وقرأ الأرنب الأبيض الآيات

Sie sagten mir, du wärst bei ihr gewesen

أخبروني أنك كنت معها

Und sie erwähnten mich ihm gegenüber

وذكروني له

Sie gab mir einen guten Charakter

لقد أعطتني شخصية جيدة

Aber sie sagte, ich könne nicht schwimmen

لكنها قالت إنني لا أستطيع السباحة

Er ließ ihnen wissen, dass ich nicht gegangen sei

أرسل لهم كلمة لم أذهب

Wir wissen, dass es wahr ist

نحن نعلم أن هذا صحيح

Wenn sie die Sache vorantreiben sollte, was würde aus dir werden?

إذا كان عليها أن تدفع الأمر ، فماذا سيحدث لك؟

Ich gab ihr einen, sie gaben ihm zwei

أعطيتها واحدة ، وأعطوه اثنين

Du hast uns drei oder mehr gegeben

لقد أعطيتنا ثلاثة أو أكثر

Sie sind alle von ihm zu dir zurückgekehrt

لقد عادوا منه جميعا إليك

obwohl sie vorher meine waren

على الرغم من أنهم كانوا لي من قبل

Wenn ich oder sie die Chance haben sollte,

إذا كان يجب أن أكون أو هي فرصة

Wenn ich oder sie in diese Affäre verwickelt wäre

إذا كنت متورطا في هذه القضية

Er vertraut auf dich, dass du sie befreien wirst

إنه يثق بك لتحريرهم

Genau so wie wir waren

تماما كما كنا

Ich hatte den Eindruck, dass Sie

كانت فكرتي أنك كنت

Bevor sie diesen Anfall hatte

قبل أن يكون لديها هذا النوبة

Ein Hindernis, das dazwischen kam

عقبة جاءت بين

Er und wir und es

هو ، وأنفسنا ، وهو

Lass ihn nicht wissen, dass sie ihr am besten gefallen haben

لا تدعه يعرف أنها أحبتهم أكثر

Denn dies muss für immer ein Geheimnis bleiben, das vor
allen anderen verborgen bleibt

لأن هذا يجب أن يكون سرا إلى الأبد ، مخفيا عن البقية

Dieses Geheimnis muss ein Geheimnis zwischen dir und
mir bleiben

يجب أن يظل هذا السر سرا بيني وبينك

Der König war sehr beeindruckt

أعجب الملك كثيرا

"Das ist das wichtigste Beweisstück, das wir bisher gehört
haben"

"هذا هو أهم دليل سمعناه حتى الآن"

»Ich glaube nicht, daß diese Verse auch nur ein Atom
Bedeutung haben,« wandte Alice ein

"لا أعتقد أن هذه الآيات تحمل ذرة من المعنى "، اعترضت أليس

der König hatte seine eigene Meinung zu dieser
Angelegenheit

كان للملك رأيه الخاص في هذه المسألة

"Wenn diese Worte keinen Sinn haben, erspart das eine
Menge Ärger"

"إذا لم يكن هناك معنى لهذه الكلمات ، فهذا ينقذ عالما من المتاعب"

"Dann brauchen wir nicht zu versuchen, den Sinn zu
finden"

"إذن لا نحتاج إلى محاولة العثور على المعنى"

"Lassen Sie die Geschworenen über ihr Urteil nachdenken"

"دع هيئة المحلفين تنظر في حكمهم"

»Nein, nein!« sagte die Königin

لا لا "إقالت الملكة

"Erst die Verurteilung, dann das Urteil"

"الحكم أولا - الحكم بعد ذلك"

"Zeug und Unsinn!" sagte Alice laut

الاشياء والهراء "إقالت أليس بصوت عال

"Wie dumm ist es, den Angeklagten zuerst zu verurteilen!"

"كم هو سخيف أن نحكم على المدعى عليه أولا"!

»Schweige!« sagte die Königin und färbte sich violett an

"امسك لسانك "إقالت الملكة ، وتحولت إلى اللون الأرجواني

"Ich werde nicht den Mund halten!" sagte Alice

"لن أمسك لساني

schrie die Königin aus voller Kehle

صرخت الملكة بأعلى صوتها

"Hack ihr den Kopf ab!"

"اقطع رأسها"!

Niemand machte eine Bewegung

لم يقم أحد بحركة

"Wen kümmert es, was du sagst?" sagte Alice

"من يهتم بما تقول؟ "قالت أليس

Zu diesem Zeitpunkt war sie bereits zu ihrer vollen Größe herangewachsen

كانت قد نمت إلى حجمها الكامل بحلول هذا الوقت

"Du bist nichts als ein Kartenspiel!"

"أنت لست سوى حزمة من البطاقات"!

Bei diesen Worten hoben sich alle Karten in die Luft

في هذا ، ارتفعت جميع البطاقات في الهواء

und alle Karten flogen auf sie herab

وسقطت عليها كل البطاقات

Sie stieß einen kleinen Schrei aus

أعطت القليل من الصراخ

Sie war halb erschrocken, aber auch wütend

كانت نصف خائفة ، لكنها غاضبة أيضا

Und sie versuchte, sich gegen die Karten zu wehren

وحاولت محاربة الأوراق من نفسها

Und dann fand sie sich auf der Grasbank liegend

ثم وجدت نفسها مستلقية على الضفة العشبية

Ihr Kopf lag im Schoß ihrer Schwester

كان رأسها في حضن أختها

Einige abgestorbene Blätter waren auf ihrem Gesicht gelandet

سقطت بعض الأوراق الميتة على وجهها

und ihre Schwester wischte vorsichtig die Blätter weg

وكانت أختها تنظف الأوراق برفق

»Wach auf, liebe Alice!« sagte die Schwester

"استيقظي يا أليس العزيزة "!قالت أختها

"Was für einen langen Schlaf hast du gehabt!"

"يا له من نوم طويل قضيته"!

"Oh, ich habe so einen merkwürdigen Traum gehabt!" sagte Alice

"أوه ، لقد كان لدي مثل هذا الحلم الغريب "!قالت أليس

Und sie erzählte ihrer Schwester alles, woran sie sich erinnern konnte

وأخبرت أختها بكل ما يمكن أن تتذكره

all die seltsamen Abenteuer, von denen Sie gerade gelesen haben

كل المغامرات الغريبة التي كنت تقرأ عنها للتو

Alice stand auf und rannte davon

نهضت أليس وركضت

Und während sie lief, dachte sie an ihren Traum

وفكرت ، بينما كانت تركض ، في حلمها

"Was für ein wunderbarer Traum das gewesen war!"

"يا له من حلم رائع كان"!

www.tranzlaty.com

www.ingramcontent.com/pod-product-compliance
Lightning Source LLC
Chambersburg PA
CBHW011047190726
48290CB00011B/3037